Fritz Stefan Valtner

Liebe zwischen Lee und Luv

BoD

Fritz-Stefan Valtner

Liebe zwischen

Lee

und

Luv

Bibliografische Information der Deutschen Nationalbibliothek.
Die deutsche Nationalbibliothek verzeichnet diese Publikation in der Deutschen Nationalbibliothek; detaillierte bibliografische Daten sind im Internet über http://dnb.dnb.de abrufbar.

Copyright:	Fritz-Stefan Valtner 2017
Bilder und Zeichnungen:	Fritz-Stefan und Manuela Valtner
Umschlaggrafik:	Fritz-Stefan Valtner

Herstellung und Verlag: BoD-Books an Demand Norderstedt

ISBN-Nr.: 9783 744 830607
Printed in Germany

Liebe zwischen Lee und Luv

Vorwort

Diese Geschichte spielt sich hier oben im Küstenraum des Wattenmeer an der norddeutschen Küste ab, genauer gesagt, zwischen Neßmersiel und Baltrum. Es ist die Geschichte eines Paares, das sich hier oben zum ersten Mal begegnet. Beide stehen wieder alleine auf der Welt, da sie beide von ihren Partnern verlassen wurden.

Hinnerk, sechzig Jahre alt, ist wieder Junggeselle, da seine Freundin es leid war, immer nur mit der Tide zu leben. Dann kamen noch seine vielen Einsätze am Wochenende hinzu. Sie waren aber notwendig, um einigermaßen leben zu können. Sie hätte es lieber gesehen das ihr Mann einen Job gehabt hätte, der gleiche Arbeitzeiten mit sich brachte, die sie in ihrem Bürojob hatte.
So lebte man sich auseinander und sie blieb dann eines Tages bei einem Arbeitskollegen. Da blieb eine Trennung unumgänglich.

Seinen Beruf als Fährschiffer wollte Hinnerk
aber nicht aufgeben. Dazu liebte er das Meer zu sehr.
Hier wehte ihm noch eine Prise von der großen weiten Welt um die Nase.

Petra, Mitte fünfzig, aus dem Rheinland, eine hübsche, patente Frau, wurde von ihrem Mann wegen einer Jüngeren verlassen. Über achtundzwanzig Jahre war sie seine Frau gewesen, hatte ihm beigestanden, ihm geholfen seine berufliche Karriere zu fördern, ihm den Rücken frei gehalten und sich selber immer hinten angestellt. Als Dank bekam sie eines Tages die Mitteilung, dass er jetzt eine Jüngere bevorzugte.
So saß Petra allein in dem gemeinsamen Haus und suchte nach neuen Wegen. Aber wohin sollte ihr Weg gehen?

Allein

Hinnerk, achtundfünfzig Jahre alt, war viele Jahre zur See gefahren. Er hatte die halbe Welt gesehen. Aber er war immer wieder froh, wenn er nach Hause kommen konnte und seine Frau auf ihn wartete. Er verdiente nicht schlecht. Er liebte das Meer, sowie seine Frau.

Er schätzte ein gemütliches Heim und viele Jahre ging dies auch gut so. Eines Tages, als er wieder von großer Fahrt zurückkam, lag nur ein kleiner Zettel auf dem Tisch im Wohnzimmer. Dort stand mit zittriger Hand geschrieben:

Mein geliebter Schatz,

wenn du diese Zeilen lesen wirst, bin ich nicht mehr hier. Ich habe mich in einen anderen verliebt und werde ihm folgen. Ich sage nur so viel, dass ich die Küste verlassen und weit in den Süden ziehen werde. Bitte verzeih mir, und eines solltest du noch wissen, bis zu diesem Zeitpunkt habe ich dich immer geliebt.

Aber jetzt kann ich nicht mehr.

Adieu!

Das war für Hinnerk ein schwerer Schlag. Was blieb ihm anderes übrig, als zur See zu fahren. Also heuerte er wieder an. Nach drei langen Jahren kam zurück. Zwischenzeitlich hatte er sich von seiner Frau scheiden lassen. Jetzt wo er wieder zurück war, suchte er nach einer neuen Aufgabe. Er fand sie auf der Fähre von Neßmersiel nach Baltrum. Hier heuerte als zweiter Offizier an. Eine Aufgabe die ihm Spaß machte. Er war wieder auf der See unterwegs, aber jetzt jeden Abend zu Hause.

Als sich die Möglichkeit ergab, kaufte er sich von seinen Ersparnissen ein kleines Friesenhaus.

Andere sagten dazu spöttisch:

"Ein Haus mit Backstein-Gotik". Aber
Hinnerk machte sich nichts daraus. In
jeder freien Minute arbeitete er an
seinem Haus. Mit der Zeit wurde es
immer wohnlicher. An einem schönen
Sommertag lernte er Claudia kennen.
Ein hübsches, flottes Ding. Sie wurde
seine Freundin. Sie arbeitete auf
dem Festland in einem Büro der
Verwaltung.

In der ersten Zeit war noch alles
Friede, Freude, Eierkuchen. Sie war
regelrecht in Hinnerk verliebt.

Das einzige was sie störte, war der Dienst von Hinnerk auf dem Fährschiff. Hier lebte man nach der Tide, also unregelmäßige Einsatzzeiten, dann die Arbeit an den Wochenenden. Wenn sie frei hatte, schipperte Hinnerk die Urlauber durch das Wattenmeer. Mit der Zeit wurde dies immer mehr zu einem Streitpunkt.

Hinnerk wollte seinen Tätigkeit auf dem Fährschiff nicht aufgeben, dazu liebte er die Arbeit auf dem Schiff viel zu sehr.

Dies mochte sie nicht einsehen. Nach einem Jahr verließ sie ihn. Sie hatte mit einem Kollegen aus dem Büro angebandelt. Hinnerk nahm es gelassen hin.

Jetzt war er wieder ganz alleine.

Etwa dreihundertfünfzig Kilometer im Rheinland spielte sich ein ähnliches Drama ab.

Petra, eine Rheinländerin, Mitte der Fünfziger, eine durch und durch hübsche Person, patent, hilfsbereit und intelligent durchlebte gerade eine schwere Krise.

Über achtundzwanzig Jahre war sie jetzt verheiratet gewesen. Hatte zwei Kinder, einen Jungen und ein Mädchen, großgezogen und ihrem Mann für seine Karriere den Rücken freigehalten.

Bei irgendwelchen Veranstaltungen war sie sein Aushängeschild gewesen. Sie sorgte für Kontakte, die ihren Mann weiter auf der Karriereleiter aufstiegen ließen. Aber seit einem Jahr, ihr Mann hatte eine weitere Stufe auf der Leiter geschafft, brauchte sie plötzlich nicht mehr mit auf Veranstaltungen.

Nun hieß es:

"Schatz, das mache ich jetzt alleine!"

Vor gut vier Wochen musste ihr Mann für fünf Tage auf eine Tagung nach Amsterdam. Nach drei Tagen kam ein Anruf von der Firma, ob ihr Mann schon wieder zurück sei aus Amsterdam? „Nein," sagte sie, „die Tagung sollte doch fünf Tage dauern."
"Nein," kam es zurück, „sie sollte nur einen Tag dauern." „Sie könnten ihn nicht erreichen." „Weder im Hotel noch über das Handy."
Das kam Petra komisch vor. Wo sollte ihr Mann hin sein? Ist er noch in Amsterdam? Ist ihm etwas passiert? Sie machte sich große Sorgen.
Sie rief im Amsterdamer Hotel an. Dort bekam sie die Nachricht, dass ihr Mann und seine Sekretärin nach einem Tag wieder abgereist seien - nach Helsinki.

Nach Helsinki?

Was macht er dort? Und wer ist bitteschön seine Sekretärin? Ihr kam das alles spanisch vor.

Zwei Tage später bekam sie ein Schreiben von einem Anwalt. Darin stand, dass er sich von ihr scheiden lassen wolle. Das Haus könnte sie bis zur endgültigen Scheidung weiter benutzen und solange sauber halten.

Sie hätte nun zwei Möglichkeiten:

Erstens, in die Scheidung sofort einzuwilligen oder zum zweiten, er würde die Scheidung beantragen, wegen Vernachlässigung der ehelichen Pflichten. Dies haute ihr die Krone der Geschmacklosigkeit vom Haupt.

Das war ungeheuerlich.

Und drittens möchte er sein Leben jetzt mit einer wesentlich jüngeren Frau neu gestalten.
Das Schreiben hatte sie total aus der Fassung gebracht. Bald hatte dreißig Jahre lang ihren Mann in allen Belangen unterstützt, zwei Kinder großgezogen und die eigenen Belange und Wünsche allem untergeordnet.

Und jetzt?

Jetzt wird man abgelegt wie eine alte Fußmatte. Das ist doch nicht fair? Und dann noch über einen Anwalt. Feige war er also auch noch. Anstatt es ihr direkt ins Gesicht zu sagen.

Als die Kinder dies erfuhren, machten sie ihrer Mutter auch noch Vorwürfe und brachen jeden Kontakt zu ihr ab. Jetzt saß sie allein in dem großen Haus, in dem es still geworden war. Dieses Haus soll ich auch noch für meinen lieben Mann sauber halten?

Was glaubt der, wer ich bin?

Soll doch seine Tussi ran!

Ich nicht mehr!

Petra packte ihre Sachen zusammen und zog in eine kleine Wohnung. Jetzt war sie allein. Sie spürte ihre Hilflosigkeit.

Aber dieser Zustand dauerte bei ihr nur ein paar Tage an, dann schrieb sie dem Anwalt ihres Mannes einen knallharten Brief, in dem sie ihre Forderungen aufsetzte und einen Termin für deren Erfüllungen vorgab.

Sollte ihr Mann mal schlucken!

Und der schluckte hart an den Forderungen!

Der Entschluss

Hinnerk hatte sich damit abgefunden wieder allein durch das Leben zu gehen. Gut, unter den Sommergästen gab es durchaus nette Frauen, die für einen kleinen Urlaubsflirt zu haben waren. Aber dies war nicht so seine Welt. Er wollte lieber etwas Beständiges haben, auf das man aufbauen konnte.

Gleichzeitig sollte seine Zukünftige seine Arbeit und Aufgabe hier an der Küste akzeptieren. Viele finden dies ja für ein paar Wochen recht schön, aber wenn dann die ruhigen Monate kommen, kriegen viele einen regelrechten Lagerkoller. Nein, man muss das Leben hier oben schon lieben. Die gute Luft, die Prise Wind die einem immer um die Ohren streicht, das Meer, den Sand, die Möwen und ein Leben nach der Tide.

Aber wer mag schon so etwas?

Doch irgendwann wird schon die Richtige kommen.

So lebte Hinnerk in aller Ruhe sein Leben, arbeitete in seiner Freizeit weiter an seinem kleinen Häuschen hinterm Deich und wenn er Lust und Laune hatte, lieh er sich das Segelboot von seinem Freund aus und schipperte durch das Wattenmeer.

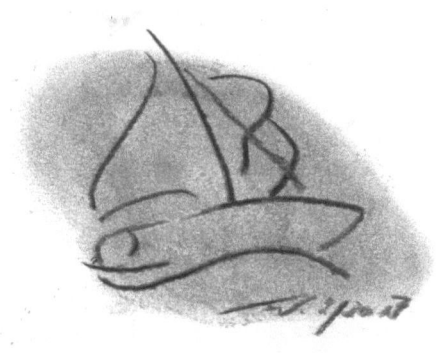

Hier konnte er sich immer so herrlich entspannen, wenn er mit dem Boot durch das Wasser glitt, die Sonne hoch am Himmel stand und mit ihrem Glanz die Umwelt verzauberte. Hier konnte er es stundenlang aushalten.

Da war es vielleicht gut, dass er hier keine Frau an Bord hatte.
Sie hätte bestimmt schon nach einer halben Stunde gesagt, wann geht es denn wieder zurück?

So konnte er die Zeit und den Raum genießen.

Petra saß in ihrer Wohnung und überlegte nun, wie es bei ihr weitergehen sollte? So nach dreißig Jahren auf die Straße gesetzt zu werden ist schon verdammt hart. Da tut man alles für seine Lieben und dann wird man einfach abserviert, nach dem Motto "der Mohr hat seine Schuldigkeit getan."

Jetzt hatte sie ihre kleine Wohnung, die sie dank ihrer Rücklage einige Zeit halten konnte.

Mit den Unterhaltszahlungen von ihrem Mann wäre sie dann für das Erste abgesichert. Aber das könnte dauern. Also, welche Möglichkeiten hatte sie denn? Ihren Beruf hatte sie für ihren Mann aufgegeben. Da nochmals einsteigen? Nach dieser langen Zeit? Fast unmöglich. Ein kleiner Nebenjob wäre vielleicht eher möglich. Aber in welchen Bereichen?
Sie schaute sich die Angebote in der Zeitung an. Aber das richtige war nicht dabei.

Bitter war für sie eines, dass ihre Kinder sie zum Sündenbock machten für das Scheitern der Ehe. Dass sich ihr Vater eine Jüngere zugelegt hatte, störte sie weniger.

Nun ja, von der Mutter konnten sie nicht mehr allzuviel erwarten. Sie war jetzt finanziell am Boden und es war nicht zu erwarten, dass sie ihnen beistehen konnte, bei ihren zahlreichen Geldproblemen.
Da war der Vater schon eine bessere Wahl. Also zogen sie schnell diese Option. So war Petra von allen Entwicklungen erst einmal ausgeschlossen.
Sie versuchte ihrem Leben eine neue Ordnung zu geben.
Was aber nicht ganz so einfach war, da sie keine Aufgabe hatte.
Also nutzte sie die Zeit und fing wieder an zu malen. Dies hatte sie früher schon einmal gemacht und konnte auch einige ihrer Bilder verkaufen. Also, warum nicht noch einmal? Sie richtete sich in ihrer kleinen Wohnung eine kleine Malecke ein und begann zu malen.

Ihr fiel es am Anfang schwer, sich darauf zu konzentrieren, aber mit etwas Musik im Hintergrund kam sie schnell in dieses Metier hinein. Ihr erstes Bild war noch recht düster und dunkel in den Farben. Es entsprach ihrer momentanen Stimmung. Aber schon bei dem dritten Bild wurden die Farben heller und bunter, so wie ihre Stimmung auch.

Sie ging wieder durch Ausstellungen, machte Fahrten mit dem Rad und war viel unterwegs.
So wurde sie abgelenkt von ihren Sorgen.
Bloß wenn sie abends alleine in ihrer Wohnung war, spürte sie die Einsamkeit, die sie jetzt mit Macht umfasste. Mit keinem
konnte sie reden, nur mit sich selbst.
Es war schon eine blöde Situation in der sie jetzt hier steckte.

Ihr Mann hatte die Scheidung mit aller Macht vorangetrieben, sodas es recht bald zu einem Termin vor Gericht kam.

Hier sah sie auch zum ersten Mal die Sekretärin und jetzige Geliebte. Mein Gott, was war die eingebildet. Sie kam sich vor wie die Frau eines Präsidenten. Dabei war sie ungebildet bis dorthinaus. Wenn das der Fang war, dann sollte er ihn ruhig behalten. Sie willigte in die Scheidung ein, beharrte aber auf ihren Forderungen. Während sich die Gegenseite noch etwas zierte, gab ihr der Richter Recht und sprach ein Urteil zu ihren Gunsten.

Jetzt musste ihr Mann wieder etwas mehr arbeiten, damit er ihre Unterhaltsleistungen aufbringen konnte.
Na ja, er konnte sich ja damit trösten, dass er bald wieder eine Stufe höher aufsteigen würde und damit auch mehr Geld in der Tasche haben würde. So waren sie nach gut dreißig Minuten geschieden und verließen als freie Menschen das Gericht.

Er mit seiner Tussi nach links und sie nach rechts – allein!

Zu Hause angekommen, setzte sie sich an ihre Staffelei und malte ein Bild.

Dieses Bild hatte zwei Hälften. Die eine Seite war dunkel, während die andere Seite hell und bunt war. Mittendrin malte sie ein blutrotes, zerrissenes Herz mit dem Datum ihrer Scheidung.

Das Ende einer mal großen Liebe.

Die nächsten Tage malte sie noch zahlreiche verschiedene Bilder mit diesem Motiv. Sie konnte dies in aller Ruhe tun, denn keiner rief an oder vermisste sie.

Auch ihre Freundinnen hatten sich von ihr zurückgezogen. Durch eine alte Freundin erfuhr sie auch den Grund.

Denn sie versuchte, ihr ins Gewissen zu reden, dass man einen solch tollen Mann doch nicht „betrügt."

„Wieso sollte ich ihm betrogen habe?"

„Ja, das macht doch hier die Runde." „Wer verbreitet solche Gerüchte?" „Die kommen von deinen eigenen Kindern."

„Die erzählen, dass du deinen Mann mit einem Vertreter betrogen haben sollst." „Und der Vater wäre am Erdboden zerstört!" „Jetzt soll er auch noch für den Ehebruch seiner Frau zahlen." „Das wird erzählt!" „Dann hast du jetzt die Aufgabe, dies richtigzustellen."

„Erstens einmal bin ich niemals fremdgegangen.

Zweitens ist mein Mann beim Ehebruch durch seine Firma ertappt worden, da er nicht, wie angekündigt, auf eine angeblich fünftägige Veranstaltung in Amsterdam war, sondern vier schöne Tage mit seiner Sekretärin in Helsinki verbrachte, da die Veranstaltung in Amsterdam nur einen Tag dauerte und die Firma ihn nach drei Tagen vermisst hatte.

Das ist Fakt!

Kurz nach der Aufdeckung bekam ich über einen Anwalt ein Schreiben, worin mein Mann ankündigte, sich von mir scheiden zu lassen, da er jetzt eine jüngere Partnerin bevorzuge.

Das ist ebenfalls Fakt!

Und vor ein paar Tagen haben wir uns vor Gericht, auf seine Veranlassung hin, scheiden lassen.

Das ist ebenfalls Fakt!

Der Schuldige ist eindeutig mein Mann und nicht ich!

Dies ebenfalls Fakt!

Und nichts anderes!

Meinen Kindern werde ich per Gericht untersagen, solch üblen und falschen Nachreden über mich zu verbreiten. So, dies kannst du jetzt allen brühwarm erzählen."

Damit war das Gespräch auch schon beendet. Dafür liefen in den nächsten Stunden im Rheinland die Drähte heiß.
Was wurde nicht alles noch beigedichtet.

Allein daraus könnte man einen Roman machen.

Der Höhepunkt war allerdings die
Aussage, dass Petra ein Verhältnis
mit der Neuen gehabt haben soll,
bevor ihr Mann ihr verfallen wäre. Es
brodelte in der Gerüchteküche wie
wild.
Petra war es mittlerweile völlig egal,
was man alles erzählte. Die
Geschichten wurden immer
abenteuerlicher. Jeder versuchte, den
anderen mit neuem, angeblichen
Insiderwissen zu übertrumpfen.

Sie hielt sich einfach daraus, ließ das Telefon klingeln und überlegte sich die weiteren Schritte.

Als erstes bekamen ihre Kinder eine Auflage vom Gericht, ihre üblen Nachreden einzustellen, andernfalls drohe ihnen ein Bußgeld von über hunderttausend Euro.
Diese gerichtliche Verfügung ließen sie erst einmal verstummen. Ihre angeblichen Freundinnen bekamen von ihrem Anwalt ebenfalls Post, mit einer kurzen Mitteilung zum tatsächlichen Sachverhalt und der Aufforderung, keine weiteren falschen Nachreden in die Welt zu setzen.
Sonst drohe ein Bußgeld in beträchtlicher Höhe.
Dieses Schreiben löste eine Welle der Empörung bei den Freundinnen aus.
Als sich eine vehement beschwerte, hatte sie, ehe sie Luft holen konnte, eine Unterlassungsklage am Hals.
Ihre Aussagen, die sie in die Welt posaunt hatte, stimmten nicht mit der Wahrheit überein.

Sollte sie weitere Unwahrheiten in die Welt setzen, gibt es dafür ein Bußgeld von 100.000 Euro.

Das saß!

Damit war der Spuk erst einmal vorbei.

Auch bei Petra wurde es wieder ruhiger. Zum Glück.
Die Geschichten, die da draußen erzählt wurden, gingen ja so sehr an der Realität vorbei, dass es einem Angst und Bange werden konnte. Wenn jemand weiter die Gerüchte in die Welt gesetzt hätte, wäre in absehbarer Zeit bestimmt auch ein Mord dabei gewesen.

Dies konnte zumindest vermieden werden.

Die Flucht

Nachdem Petra sich von dem ganzen Schrecken der Scheidung und ihren Folgen etwas erholt hatte, überlegte sie, ob es nicht sinnvoll wäre, mal für ein paar Tage auszuspannen und wegzufahren? Sie nahm ihren alten Atlas vor und blickte auf die Deutschlandkarte. Ihr Blick fiel auf Norddeutschland. Hier war sie immer gern gewesen.

Warum nicht auch jetzt?

Irgendetwas in ihren Innersten drängte sie dazu, sich mit dem Norden zu befassen. Sie suchte sich eine Karte, die die Küstenlinie etwas größer zeigte. Kurze Zeit später hatte sie eine Karte gefunden, die die ostfriesischen Inseln sehr gut darstellten.
Sie schaute sich jede Insel genau an. Zwei Inseln sagten ihr besonders zu. Einmal die grüne Insel Spiekeroog und dann die kleine, verträumte Insel Baltrum. Etwas sagte ihr, dass die Insel Baltrum das bessere Ziel sei.

Sie ging in ein Reisebüro und versuchte eine Unterkunft auf der Insel zu bekommen.

Aber es war schwer, da in halb Deutschland Sommerferien waren und alles auf den Inseln ausgebucht war.
Mit etwas Glück fand sie noch in einem Hotel in der Nähe des Hafens von Neßmersiel ein Zimmer. Das buchte sie.
In vier Tagen konnte es losgehen. Irgendwie freute sie sich darauf, mal aus der schrecklichen Einsamkeit herauszukommen, mal etwas anderes wieder zu sehen.

Vielleicht gar ein neues Glück finden?

Als wenn es einige geahnt hätten, dass sie verreisen wollte, ging bei ihr unentwegt das Telefon. Jeder wollte wissen, wie es ihr geht.

Ob sie Hilfe bräuchte?

Man hätte ja etwas über das Unglück mit ihrem Mann erfahren und wäre noch heute fassungslos darüber, dass er sie wegen einer Jüngeren verlassen hätte.

Die nächste Anruferin wollte sie unbedingt aufsuchen und ihr ihren Beistand geben. Das wollten auch die Anruferinnen drei und vier. Die fünfte wollte mit ihr einen Ausflug machen, damit sie auf andere Gedanken käme. Nach ihren so schlechten Erfahrungen mit ihrem Mann.

So oder ähnlich waren auch die anderen Anrufe gelagert.

Sie bedankte sich bei allen für ihre Anteilnahme, aber sie hätte in den nächsten Wochen kaum Zeit, da sie wieder an einer Ausstellung arbeite und noch umfangreiche Arbeiten abwickeln müsse. Außerdem hätte sie die endgültige Trennung von ihrem Mann schon längst überwunden und strebe nun neuen Zielen entgegen.

Das heizte natürlich die Gerüchteküche der vermeintlichen Freundinnen wieder gewaltig an.

Da wurde gemunkelt, dass es vielleicht und eventuell möglich sein könnte, dass auch sie einen Geliebten hatte. Aber es ließ den Schluss zu, dass der Satz... „und strebe neuen Zielen zu..." damit etwas zu tun haben könnte. Man will ja keine Gerüchte in die Welt setzen, aber etwas komisch war die Sache schon.

In der Zwischenzeit wurde das Haus verkauft, die Schulden darauf getilgt und der Rest zu gleichen Teilen an die beiden Eheleute ausgezahlt.

Die Summe kam Petra gerade recht, da sie ja noch einiges in ihrem kleinen Haushalt auffüllen zu hatte.
Gleichzeitig hatte ihr Mann sich die beiden Fahrzeuge, die zum Haus gehörten, unter den Nagel gerissen.
So fuhr jetzt seine neue Tussi mit ihrem "Moritz", einem grünen Mini One, durch die Gegend. Das war für sie unerträglich. Ihr Mann und seine „Neue" hatten in unmittelbarer Nähe ein neues Domizil gefunden. Etwas größer und vornehmer als das alte Haus.

Er fuhr jetzt einen größeren SUV von BMW und seine Tussi wollte nicht nachstehen und bekam ebenfalls einen SUV, der allerdings zwei Nummern kleiner war als sein eigener Wagen.

Der grüne Moritz wurde in Zahlung gegeben.

Wie das Schicksal es wollte, sah Petra eines Morgens die Tussi mit dem neuen SUV vor dem Supermarkt, als sie versuchte, den Wagen in eine sehr große Parklücke einzuparken. Die Sache war so spannend, dass sie einen kleinen Volksauflauf verursachte.
Eine zufällig vorbeikommende Polizeistreife löste die Versammlung auf und half der Tussi auch noch beim richtigen Einparken.

Petra hatte ihre Einkäufe in der Zwischenzeit gemacht und wollte mit dem Fahrrad wieder zu ihrer Wohnung fahren.

Als wenn es ihr jemand eingeflüstert
hätte, nahm sie einen anderen Weg
und kam auch an dem BMWHändler
vorbei.

Als sie einen Blick über das Gelände
warf, sah sie ihren Moritz wieder.

Sie traute ihren Augen nicht. Da stand
er wirklich.

Sie fuhr auf den Hof des Händlers und nach ein paar Blicken auf das Auto, hatte sie die Gewissheit, dass dies ihr „Moritz" ist. Sie rein in die Verkaufsstelle, sprach mit dem Verkaufsleiter des Unternehmens, handelte die Summe noch etwas herunter und kaufte ihn wieder zurück.

Gott sei Dank, sie hatte ihn wieder.

Am nächsten Tag konnte sie ihn nach einer Inspektion, neu angemeldet und vollgetankt abholen.

In ihrer Wohnung angekommen musste Petra weinen, auf der einen Seite vor Glück, das sie ihren geliebten „Moritz" wiederhatte, aber auch auf der anderen Seite, über den Verlust ihrer langjährigen Ehe und dass jetzt ihr Mann mit dieser Dummbacke zusammenlebte. Darüber kam sie immer noch nicht weg. Sie konnte nicht verstehen, dass er ihr das angetan hatte.

Nach fast 30 Jahren Ehe!

Das war schon hart.

Immer wieder sagte sie zu sich, soll ich mir das antun und hier in der Gegend bleiben? Vielleicht noch jeden Tag der blöden Tussi über den Weg laufen?
Nein, das konnte auf Dauer nicht gut gehen. Aber was sollte sie machen? Fliehen? Alles hinter sich lassen und irgendwo neu anfangen? Aber wo?
Immer wieder ging sie in ihrem kleinen Wohnzimmer auf und ab und versuchte, ihre Gedanken zu sortieren.

Was wäre wenn?

Das war ihre häufigste Frage.

Was hätte sie zu verlieren?

Auf wen sollte sie noch Rücksicht nehmen?

Auf ihren Mann?

Auf ihre Kinder?

Die waren groß und könnten auf eigenen Füßen stehen. Ihr Mann? Er hat sich ja von ihr getrennt, nicht sie von ihm.

Also kann er auch für sich selber sorgen. Ob das seine Tussi auch kann?

Warum sollte sie keinen Neuanfang wagen? Ich bin doch noch nicht zu alt dazu? Oder? Aber noch stellte sie die Frage nach einer Veränderung zurück.

Jetzt wollte sie erst einmal ihren lang-verdienten Urlaub machen.

Und darauf freute sie sich riesig. Vor allem, dass sie dies wieder mit ihrem geliebten Moritz gemeinsam machen konnte.

Am anderen Morgen holte sie ihren Moritz aus der Werkstatt ab, der frisch poliert, gecheckt und voll aufgetankt dort auf dem Hof stand.

Dann ging es gemeinsam zurück zur Wohnung.

Schnell waren die zwei kleinen, gepackten Koffer verstaucht und es ging ab in Richtung Norden.

Moritz schnurrte wie ein kleines Kätzchen, und sie kamen flott voran.

Ein erster Blick

Schon gegen Mittag waren sie in Neßmersiel angekommen. Sie konnte ihr Hotelzimmer schon in Beschlag nehmen und machte sich kurz frisch.
Anschließend führte der erste Weg zum Hafen. Die Sonne schien und Petra setzte sich auf eine leere Bank und schaute dem Treiben zu. Endlich war sie weit weg von allen und genoss diese Minuten besonders. Sie freute sich, dass vieles, was sie als Belastung fand, jetzt einfach von ihr abfiel. Sie spürte, dass dieser Ortswechsel für sie das richtige war. Ihr war es völlig egal, was zu Hause über sie gesprochen wurde. Es war doch eh alles falsch. Egal von welcher Seite man dies betrachtete.
Sie war jetzt hier und genoss die neuen Eindrücke, und morgen ging es auf die Insel.

Sie holte sich eine Fahrkarte und bekam eine kleine Information über die Insel Baltrum.

Dort las sie:

Baltrum ist die kleinste der Ostfriesischen Inseln. Sie ist das Dornröschen dieser Inseln.
Im Jahre 1949 bekam die Insel, die staatliche Anerkennung als Heilbad. Die höchste Erhebung liegt bei stolzen 19,3 m. Ruhig und beschaulich soll es hier noch zugehen. Keine Autos und keine Fahrräder gibt es auf der Insel. Nur die Einheimischen dürfen mit einem Rad fahren. Einen kleinen Flughafen gab es auch!

Und was gab es sonst?

Ein Heimatmuseum, die alte Inselkirche, einen Rosengarten und einen Gezeitenpfad.
Nun, viel war das nicht, aber sie freute sich schon darauf, dieses Eiland zu besuchen.

Am nächsten Morgen ging es schon früh los. Sie hatte es ja nicht weit zum Fähranlieger, so konnte sie noch in aller Ruhe ihr Frühstück einnehmen.

Die Sonne schien, es sah aus, als würde dies ein sehr schöner Tag werden.

Mit dieser ersten Fähre an diesem Tag fuhren noch nicht allzuviele Leute mit. So konnte sie in aller Ruhe aufs Deck gelangen und dort fand sie auch einen sehr guten Platz. In der Ferne sah sie schon die Umrisse der Insel. Das Wasser lag ganz ruhig wie ein Spiegel da. Vereinzelt hörte sie den Schrei einer Möwe.

Nach einer kurzen Wartezeit hörte sie die Motoren der Fähre und dann ging es los. Langsam fuhr die Personenfähre aus dem Hafen heraus und nahm Kurs auf die Insel.

Sie freute sich unbändig.

Zur selben Zeit zu Hause.

Bei ihren Freundinnen herrschte das totale Chaos. Keiner konnte sie erreichen. Weder auf ihrem Festnetz noch auf ihr Handy. Himmel und Erde wurden in Bewegung gesetzt, um etwas über ihren Verbleib herauszubekommen. Aber es gab keine Spur.
Die tollsten Gerüchte machten die Runden. Je mehr sie in den Umlauf gingen, desto wilder und spektakulärer wurden sie. Nach dem dritten Umlauf war sogar schon von einem Mord die Rede. Nur, wo war die Leiche? Als man nach drei Tagen immer noch kein Zeichen von ihr hatte, ging einer ihrer Freundinnen zur Polizei und stellte eine Vermisstenanzeige. Gleichzeitig gab sie die Gerüchte, die hier kursierten, gleich zum besten. Was dann geschah, konnte aus einem Krimi sein. Innerhalb von einer Stunde wurden der Ex-Ehemann und seine Tussi verhaftet und wegen eines Mordverdacht in Haft genommen.

Danach brodelte die Gerüchteküche total über.

Was wurde da nicht alles erzählt?

So kam es, dass auch die Kinder verhaftet wurden. Angeblich wegen Beihilfe zum Mord.
Dann ging man mit einer Hundertschaft daran, das Haus und den Garten zu durchsuchen. Ganze Spezialstaffeln wurden eingesetzt. Das Ergebnis war gleich Null. Keine Leiche zu finden. Erst später fand man die neue Wohnung, wo Petra jetzt lebte. Auch die wurde auseinander genommen. Aber auch hier alles Fehlanzeige.
Stunden später gab einer den Hinweis, dass er gesehen habe, wie einer mit einem Geländewagen auf dieses große, verwilderte Grundstück am Stadtrand gefahren sei und etwas ausgeladen hatte.

Sofort wurde eine Hundertschaft zu diesem Grundstück geschickt.

Im Büro des Kommissars gingen die Verhöre gnadenlos weiter. Ihrem Ex-Mann rutschte das Herz bis zu den Waden, so viel Angst machte ihm der Kommissar, zumal seine Tussi sich immer mehr in Widersprüche verwickelte.

So blieben beide erst einmal in Untersuchungshaft.

Petra hatte inzwischen den Hafen von Baltrum erreicht. Beim Verlassen des Fährschiffes wurden die Fahrkarten zum ersten Mal entwertet.
Hinnerk machte dies gerade. Dann kam Petra auf ihn zu. Er lächelte ihr zu, knipste ihr Ticket und wünschte ihr einen schönen Aufenthalt auf der Insel. Artig bedankte sich Petra mit einem Lächeln und schaute dabei Hinnerk tief in seine dunklen, blauen Augen. Sie ging dann von Bord und nahm Kurs zur Inselmitte.
Hinnerk schaute ihr noch eine ganze Zeit nach. Aber die Arbeit rief ihn wieder zur Vernunft.

Als Petra in Höhe des kleinen Bistros war, schaute sie noch einmal zurück, konnte ihn aber nicht mehr sehen. Jetzt galt ihr Interesse aber der Insel. Aber wo sollte sie anfangen? Das Wetter war super, sie hatte zehn Stunden Zeit bis die letzte Fähre wieder zurück fuhr. Sie beschloss an den Strand zu gehen. Der erste Anblick war überwältigend. Sie stand bestimmt eine Viertelstunde lang da und schaute sich staunend das Meer an.

Dann ging sie hinunter zum Strand, zog ihr Kleid aus, verstaute es in ihrem Rucksack und ging im Badeanzug am Strand entlang.

Sie spürte, sie war frei. Frei von allen
Lasten, frei von allen Verleumdungen,
frei von Hass.
Sie genoss jetzt das Wasser, den
Wind, den Sand und die Sonne. In
den nächsten Stunden lief sie am
Strand entlang, fühlte sich regelrecht
befreit.
Im Osten fand sie Bilder vor, die sie
an die Südsee denken ließ.

In der Ferne das Blau des Himmels mit den Weiten einer großen Welt.

Davor lag der weiße Sandstrand, unberührt, malerisch und von einer endlosen Sicht. Im Hintergrund lag die herrliche Dünenlandschaft, mit ihren Hügeln, mit ihren Gräser und Sträuchern. Ihr Auge konnte davon nicht genug bekommen. Zu schön war dieses Bild vor ihren Augen. Über eine Stunde saß sie dort im Sand und ließ diese fantastischen Eindrücke vor ihren Augen vorübergleiten.

Zum ersten Mal seit Monaten hatte sie das Gefühl, es gibt auch noch etwas anderes auf dieser Welt gibt, eine Liebe, die von einer gegenseitigen Liebe getragen wird.

Dabei musste sie unwillkürlich an den schmucken Offizier auf der Fähre denken, der ihr einenschönen Tag auf der Insel gewünscht hatte.

Plötzlich schreckte sie auf, als sie auf die Uhr sah. Es war schon spät geworden.

Zum ersten Mal hatte sie Zeit und Raum völlig vergessen. Aber tat ihr das nicht gut? Jetzt hieß es aber zurück. Wieder am Strand entlang oder hier am Ende der Insel, den Weg durch die Heidelandschaft nehmen?

Sie nahm diesen Weg und war überrascht, was sie hier alles entdecken konnte.

Hier fand sie auch das Grab eines Kapitäns, der auf der Insel gestrandet war und so schnell wie möglich weiter wollte, da er auf der Insel nicht begraben sein wollte. Wie das Schicksal es aber wollte, strandete er ein zweites Mal. Diesmal starb er auf der Insel. Da er hier nie begraben werden wollte, was den Insulanern nicht verborgen blieb, wurde er nicht auf dem Friedhof, sondern draußen einsam und verlassen begesetzt.

Im Hafen wieder angekommen ging Petra in das kleine Bistro und stärkte sich ein wenig.

Es wurde langsam Zeit die Fähre zu entern, die schon unter Dampf stand. Petra ging an Bord. Von ihrem Offizier sah sie zunächst nichts. Vermutlich steht er auf der Brücke. Petra nahm oben auf dem Deck Platz, da die Sonne noch herrlich vom Himmel schien.

Die Überfahrt ging recht schnell und ruhig vonstatten. Keine halbe Stunde später fuhren sie in den Hafen auf dem Festland ein.

Petra ging von Bord und sah ihren Offizier wieder, der jetzt die Tickets einsammelte.

Auch Hinnerk sah sie und er fragte sie: "Ich hoffe, sie hatten einen wunderbaren Tag auf der Insel?" "Ja," gab Petra zurück, einen wunderschönen Tag, nur leider viel zu kurz.

Ich glaube, ich muss hier unbedingt noch einmal in meinem Urlaub hinkommen, um auch den Rest der Insel kennenzulernen." "Sie sind gern jederzeit herzlich Willkommen," sagte Hinnerk und wünschte Petra noch einen schönen Abend.

"Den wünsche ich ihnen auch," gab Petra zurück.

Dann verließ sie das Schiff. Als sie an Land war, sah sie Hinnerk noch an der Reling stehen und winkte ihm zu.

Er winkte zurück, schaute ihr noch eine ganze Weile nach, bevor er sich wieder an die Arbeit machte.

Petra ging auf ihr Hotelzimmer, zog sich um und ging ins Hotelrestaurant zum Abendessen.

Dabei musste sie immer wieder an ihren Offizier denken. Sie hatte so ein komisches Gefühl in ihrer Bauchgegend.

Verliebt?

Doch nicht so schnell?

Oder?

Dennoch fühlte sie sich mit diesem Gefühl irgendwie recht behaglich. Erst spät am Abend ging sie zu Bett.

Kreuzende Blicke

Am anderen Morgen, der Himmel war leicht bewölkt, überlegte Petra beim Frühstück, was sie heute unternehmen könnte. Vielleicht einen kleinen Stadtbummel in Aurich. Das würde passen. Also fuhren sie und ihr Moritz nach Aurich.

Hier bummelte sie am Hafen entlang und anschließend ging sie in die City, wo sich die Einkaufsstraßen und der Markt befanden. Am Markt machte sie eine kleine Pause in einem Cafe. Hier konnte sie dem pulsierendem Treiben zuschauen, was ihr viel Spaß machte. Danach ging es weiter durch die Einkaufsstraßen. In einem kleinen Laden, mit dem ungewöhnlichen Namen "My Regalbrett" ging sie hinein und stöberte durch die Auslagen. In einem der Regale hatte ein Autor seine Werke ausgestellt.

Ein Buch mit dem Titel: „Plötzlich allein...", das paßte ja auch auf sie. Dann fand sie ein anderes Buch über eine Katze, die aus ihrem Alltag erzählte. Das nahm sie mit.

In einem weiteren Regal entdeckte sie sehr schöne handgefertigte Tonsachen. Hier fiel ihr ein wunderschönes Herz auf, das es als Anhänger gab.

Während sie in diesem Regal weiterstöberte, fand sie eine runde Scheibe mit einem Teddybären darauf, die sie besonders schön fand. Das Herz, die Scheibe und das Buch kaufte sie.

Jetzt wurde es aber Zeit, mal ihren Hunger zu befriedigen. In einem netten Lokal fand sie etwas Passendes und der Hunger konnte gestillt werden. Bei einem Espresso fiel ihr das Buch ein und sie fing an zu lesen.
Sie fand die Geschichten so nett geschrieben, dass sie gar nicht aufhören konnte. Aber sie wollte noch in einige Geschäfte hineingehen.
Dort fand sie noch einige Teile, die ihr Outfit veränderten. Flott kam sie jetzt daher. Froh und glücklich machte sich Petra mit ihrem Moritz wieder auf in ihre momentane Heimat.

Der nächste Tag brachte kein schönes Wetter. Es regnete wie aus Kübeln. Da machte selbst ein kleiner Einkauf keinen Spaß.

Aber Petra ließ sich davon nicht einschüchternern, sondern packte den nordfriesischen Nerz aus und dann ging es los.
Als sie über die Dorfstraße schlenderte, sah sie auf der anderen Seite ihren Offizier. Auch er hatte sie gesehen und winkte ihr zu. Sie winkte zurück.
Hinnerk nahm seinen ganzen Mut zusammen und ging zu ihr auf die andere Seite.

Wie sollte er jetzt vorgehen?

Er wollte ja nicht gleich mit der Türe ins Haus fallen. Vorsichtig sagte er: „ Hallo, ich möchte sie nicht verunsichern oder gar überrumpeln, aber als ich sie das erste Mal gesehen habe, bekam ich ein leicht mulmiges Gefühl.

Jetzt sehen wir uns wieder und ich würde mich sehr freuen, wenn ich sie morgen auf eine Tasse Tee einladen dürfte. Aber nur wenn sie wollen?"

Für Hinnerk war dies schon ein sehr langer Satz. "Mein lieber Mann, wie heißen sie eigentlich mit Vornamen?"

"Hinnerk!"

„Also mein lieber Hinnerk, deine Einladung nehme ich mit Freude an, denn mir ging es ähnlich, als wir uns zum ersten Mal sahen. Übrigens, ich heiße Petra." "Gut Petra," sagte Hinnerk, „dann freue ich mich schon auf morgen." Treffen wir uns hier, so gegen zehn Uhr?"

"Ja, sehr gerne!"

"Sei mir bitte nicht böse, aber mein Dienst fängt gleich an." "Nein, um Gottes willen, ich will dich nicht aufhalten." "Dann bis morgen, ich freue mich!"

Petra schaute ihm noch lange nach.

Er schaute ebenfalls noch einmal zurück und winkte ihr zu. Sie tat das gleiche.

Das erste Date

Damit hatte Petra auch nicht gerechnet, dasssie hier jemanden treffen werde, der ihr sehr sympathisch ist. Sie freute sich sehr auf dieses Treffen.

Am nächsten Morgen war Petra schon ein bisschen nervös und unruhig. Mein Gott, wie langsam ging die Zeit heute nur vorbei. Die letzten Tage vergingen wie im Fluge und jetzt? Jetzt wollte man dem Zeiger gern helfen, etwas schneller zu laufen. Aber auch so kam die Stunde der Wahrheit auf Petra zu.
Gegen zehn Uhr trafen sie sich auf der Dorfstraße. Hinnerk hatte ihr eine rote Rose mitgebracht. Darüber freute sie sich sehr.
Dann fuhren sie zu einer Teestube, mit einen herrlichen Blick auf das Meer. Bei einer großen Ostfriesentorte und einem Kännchen Tee lernten die beiden sich näher kennen.

Zuerst erzählte Hinnerk seine Erlebnisse aus den letzten Jahren. Gebannt hörte Petra zu. So manche Gemeinsamkeit konnte sie entdecken.

Dann erzählte sie, wie es ihr in den letzten Jahren ergangen ist und was zurzeit noch bei ihr läuft. Dabei ergaben sich manche Paralelen.

Als sie beim zweiten Stück Kuchen angekommen waren, sprachen sie schon über ihre Empfindungen und Wünsche.
Sie waren erstaunt, dass es hier zahlreiche Übereinstimmungen gab. Auch ihre Hobbys stimmten überein. Ja, manchmal kam es den beiden so vor, als hätten sie hier ihren Seelenpartner gefunden. Wenn der eine an etwas dachte, sprach es der andere aus. Soviel Gemeinsames kann es doch nicht geben?
Nach dem dritten Stück Kuchen machte der Hinnerk ihr einen Vorschlag, doch mal runter zum Strand zu gehen. "Aber sehr gerne kam es zurück!"

So gingen sie am Strand entlang und tauschten sich aus. Zarte Bande knüpften die beiden. Nach vier Stunden machten sie sich wieder auf den Rückweg. Hier gingen sie Händchen haltend und sich verliebt anschauend am Strand zurück.

Keiner wollte den anderen mehr allein lassen. So beschlossen sie, auch das Abendessen gemeinsam einzunehmen.

Beide hatten das Gefühl, dass sie sich schon lange kannten. Es gab viele vertraute Bereiche, die man entdeckte.

Gleiche Vorlieben, gleiche Interessen, gleiche Vorstellungen - also viele Gemeinsamkeiten. Kann so etwas gutgehen? Diese Frage stellte sich für die beiden nicht. Sie waren in einer anderen Welt.

Erst kurz vor Mitternacht hieß es Abschied nehmen, was beiden sehr schwer fiel. Man spürte, dass etwas passiert war, was man nicht mehr für möglich hielt. Dass es jemanden gibt, der genauso fühlt und denkt, wie man selbst.

Noch eine ganze Zeit standen die beiden vor dem Lokal, hielten sich an den Händen fest, schauten sich lange und tief in die Augen und gaben sich dann einen langen, zärtlichen Kuss. Er beschloss, sie noch bis zu ihrem Hotel zu begleiten.

Petra freute sich darüber sehr. Sie schmiegte sich an ihren Hinnerk und war einfach glücklich in diesem Moment.

Dort angekommen, tauschten sie noch ihre Handynummern aus, ein letzter zärtlicher Kuss und dann wurde es auch Zeit für Hinnerk, da er morgen früh wieder zeitig hinaus musste.

Petra schaute ihm noch lange nach.

Schmetterlinge im Bauch

Petra hatte eine schöne Nacht hinter sich. Alle Stationen ihrer Gespräche mit Hinnerk liefen noch einmal vor ihrem geistigen Auge ab. Sie fand die Gespräche sehr gut. So gut hatte sie sich schon lange nicht mehr mit jemanden verstanden. Dann die vielen Gemeinsamkeiten? Unglaublich! Und ein hübscher Kerl war Hinnerk ja auch noch. Sie hatte nichts an ihm auszusetzen. So wie er war, war er der Richtige für sie.

Plötzlich fiel es ihr ein, dass sie vor lauter Verliebtheit kein weiteres Date mehr ausgemacht hatten. Oder sollte Hinnerk nicht mit ihr zufrieden gewesen sein? Das konnte sie nach seinen Äußerungen und anderen Zeichen nicht glauben. Sie dachte, er mochte sie genauso, wie sie ihn. Den ganzen Tag war sie unruhig. Sie hatte ein regelrechtesFlattern in ihrem Bauch.

Hinnerk war schon wieder früh im Dienst. Hier musste er ran.

Während der Überfahrt hatte er mal eine ruhige Minute und setzte sich unten in die Kantine und trank einen Tee.

Dabei schaute er hinaus und warf einen Blick auf das Festland.

Dabei dachte er an seine Petra.

Schade, dass sie nur hier im Urlaub ist, dachte er so bei sich. Sie wäre vielleicht die Richtige, mit der er wieder glücklich sein könnte. Viele Gemeinsamkeiten verbinden uns, wir beide sind frei und könnten einen Neuanfang wagen. In seinen Gedankengängen wurde er durch einen Fahrgast unterbrochen, der ihn nach einer Toilette fragte. Etwas verwirrt zeigte er dem Gast den Weg dahin. Er musste nun wieder an seine Arbeit gehen, denn gleich legte das Schiff im Hafen an. Da wurde seine ganze Aufmerksamkeit gefordert.
Es ging auch gleich wieder zurück. An diesem Tag hatte der noch drei Fahrten, nur einmal durch die Ebbe unterbrochen.

Petra schaute sich den Fahrplan an und sah schnell, dass Hinnerk noch drei Fahrten hatte, aber auch noch eine Pause von ungefähr sechs Stunden, wegen der Ebbe.

Das war ihre Chance.

Sie notierte sich diese Zeit und machte ibis dahin ihre Besorgungen.

Gegen Mittag setzte die Ebbe ein.

Das Fährschiff kam gerade noch mit dem letzten Tröpfchen Wasser unterm Kiel in den Hafen herein. Als Hinnerk von Bord ging, lief Petra auf ihn zu und umarmte ihn. Voller Freude nahm Hinnerk seine Petra in die Arme und drückte sie sehr herzlich.

Petra erzählte ihm, dass sie bei aller Redseligkeit kein neues Date ausgemacht hatten. Als Hinnerk darüber nachdachte, konnte es das nur bestätigen.

„Wieso haben wir das vergessen?"

„Ich glaube mein lieber Hinnerk, wir waren so sehr mit uns beschäftigt, dass wir Raum und Zeit vergaßen."
„Aber jetzt bin ich da und was hältst du davon, wenn wir jetzt essen gehen, denn ich habe einen mächtigen Hunger."
Eine Frage habe ich noch an dich, mein Schatz: "Wieso wusstest du, dass ich gerade jetzt eine Pause habe?"

"Der Tidenplan, mein Schatz!"

Das erstaunte Hinnerk doch gewaltig. Die Frau ist richtig, die passt zu mir. Die Pause wurde durch ein gepflegtes Essen, einen langen Spaziergang und einen anschließenden Kaffee abgerundet. Dabei merkte man, dass mit den beiden eine Verwandlung geschehen war.

Beiden fiel es schwer sich zu trennen. Aber Hinnerk musste noch seinen Dienst ableisten. Kurzentschlossen buchte Petra ein Ticket und fuhr mit Hinnerk rüber nach Baltrum.

So konnte sie wenigstens bei ihm sein. In den ruhigen Minuten der Überfahrt saßen die beiden oben auf dem Deck zusammen und genossen die Überfahrt.

Auf der Rückfahrt gab es ein kleines Problem.
Der Mitarbeiter, der auf der Rückfahrt die Kantine machen sollte, war leider unpässlich. Ein Ersatz war nicht mehr greifbar. Jetzt war guter Rat teuer, zumal die Fähre mit Tagesgästen richtig voll war. Das wäre schade, wenn man dieses Geschäft nicht mitnehmen konnte. Als Petra davon erfuhr, bot sie sich an, den Ersatz zu machen.

Das wäre kein Problem für sie. Ruck zuck hatte sie sich die Schürze geschnappt und innerhalb von weinigen Minuten war sie startklar.

Es konnte losgehen. Während der Überfahrt brummte der Laden. Denn Seeluft macht hungrig.

Petra schaffte es, jeden Gast mit ihrer humorvollen Art bei Laune zuhalten, so dass die notwendige Wartezeit noch als kurz empfunden wurde. Jedes Mal, wenn Hinnerk hier vorbei schaute, war er erstaunt, ja geradezu baff, wie gut Petra das konnte.

Als das Schiff anlegte, war die Schlacht geschlagen. Den letzten Tee und die letzte Wurst teilten sich die beiden und freuten sich jetzt auf den Feierabend.

Hinnerk wurde neugierig und fragte Petra,

"Hör mal, woher kannst du das so gut?" "Ich habe früher sehr oft für meinen Mann Gesellschaften ausgerichtet und musste mich auch um alles kümmern. Da ist natürlich einiges übrig geblieben."

„Ich wurde eben gefragt, ob du nicht für ein paar Tage hier aushelfen könntest?"

"Dann hätte ich dich auch mehr an meine Seite."

„Mein Hinnerk, dass würde ich sehr gerne tun, denn mir macht das einen unheimlichen Spaß und auch ich freue mich sehr, wenn ich in deiner Nähe bin."

"Das ist ja super, meine liebe Petra. Ich freue mich sehr!"

„Wie wäre es, wenn ich dir mal mein kleines Häuschen zeigen dürfte?" „Ja, das Haus würde ich sehr gerne sehen," gab Petra zurück. Dann gingen beide, Hand in Hand, zu Hinnerk kleinem Häuschen.

Dort angekommen gingen die beiden erst einmal in den Garten.

Es war ein sehr schöner, gepflegter Garten, circa 750 qm groß. In der Mitte des Gartens gab es einen schön angelegten Teich mit Goldfischen. Daran schloss sich eine Terrasse an. Im hinteren Bereich hatte Hinnerk in einem Hochbeet einiges an Gemüse angepflanzt. Da gab es zur Zeit Kartoffeln, Bohnen, Sellerie, Porree, Petersilie, Schnittlauch und einige andere Kräuter.

An der Seite des Hochbeetes standen kleine Sträucher mit Johannisbeeren in verschiedenen farbigen Ausführungen.

Petra konnte sich nicht zurückhalten und musste erst einmal naschen. Sie schmeckten himmlisch. Hinnerk freute sich darüber und schlug vor, einige Johannisbeeren zu sammeln und sie gleich mit einem Vanilleeis zu verputzen. "Oh sehr gerne," kam es von der anderen Seite zurück.

"Aber lass uns erst einmal durch das Haus gehen", sagte Hinnerk. "Ja," sagte Petra, „dann lass uns das mal zuerst tun, denn ich bin schon ganz neugierig darauf."

Sie gingen in das Haus hinein. Petra war erstaunt, wie ordentlich es hier aussah.

Sie sah auch, welche Sorgfalt Hinnerk bei dem Ausbau seines Häuschen walten lies. Je mehr sie durch dieses Haus ging, umso mehr fühlte sie sich heimisch. Hier war alles anders, als sie es im Rheinland hatte. Dort war es eher ein kühles Ambiente mit einer entsprechenden Größe. Hier war alles so wohnlich, alles strahlte eine Wärme aus, die man kaum beschreiben konnte. Jeder weiter sie durch das Haus ging, desto größer wurde ihr Lächeln. Dies blieb auch Hinnerk nicht verborgen. Im Erdgeschoß ging man von der Diele in die große Wohnküche.
Die auch eine richtige Wohnküche war und nicht eine kleine Anrichte. Hier konnte man sich austoben. Weiter kam man von der Diele in die sogenannte gute Wohnstube mit einem sehr schönen Kamin. Am Anfang der Diele gab es auf der rechten Seite noch ein Gäste-WC.

Von der Wohnstube kam man durch eine weitere kleine Diele ins Bad, mit einer großen Eckwanne und einer Dusche. Es schloss sich ein kleiner Arbeitsraum an, wo die Waschmaschine und der Trockner standen.

Ging man auf die Treppe nach oben, kam man zu dem großen Schlafzimmer und einem Gästezimmer, welches Hinnerk zur Zeit als Lesezimmer und Bügelzimmer nutzte, und zu einem weiteren kleinen Badezimmer.
In einer kleinen Nische hatte sich Hinnerk seine Bücherecke eingerichtet.
Petra war sehr angetan von Hinnerk Häuschen. Sie lobte Hinnerk für seine sehr schöne Ausstattung und die Dekorationen. „Hier kann man es sehr gut aushalten," ließ Petra leise verlauten. Irgendwie war sie stolz auf "ihren" Hinnerk. Er war so ganz anders als ihr Ex-Mann.
Hektik war ihm fremd. Er strahlte eine Ruhe aus, die Petra das Gefühl der Sicherheit gab.

Sie saßen noch lange zusammen und freuten sich, dass sie sich so gut verstanden.

Jeder wählte seine Worte mit bedacht, nur um den anderen nicht zu verletzen oder ihn zu kritisieren. Aber das kam eigentlich nicht vor, da sich die beiden auch so, ohne große Worte sehr gut verstanden.

Die nächsten Tage fuhr Petra als Vertretung in der Bordküche mit.
Sie hatte viel Spaß dabei und machte ihre Arbeit so gut, dass man sie gerne direkt behalten hätte. Endlich wurden ihre Leistungen auch einmal anerkannt und gewürdigt. Sonst stand sie im Hintergrund und ihr Mann wurde gelobt - für ihre Arbeiten!

Auch Hinnerk war stolz auf sie und freute sich über jedes Lob, was sie bekam.
Er bemerkte auch, dass sie hier regelrecht aufblühte und sich freute, in seiner Nähe zu sein.

Im Stillen dachte er bei sich: Es wäre sehr schön, wenn sie einfach hier bleiben würde."

Aber konnte er dies von Petra erwarten?

Ferien voller Gefühle

Nach ihrem Einsatz auf der Fähre hatte Petra auch wieder etwas Zeit mit ihrem Moritz, die nähere Umgebung zu erkunden, während Hinnerk auf der Fähre im Dienst war. So schaute sie sich die Städte Emden und Cuxhaven an. Auch Bremerhaven und Wilhelmshaven standen auf ihrem Plan.

Aber so alleine machte ihr das nicht so viel Spaß, als wenn Hinnerk mit ihr unterwegs war. Ihre schönsten Stunden waren, wenn Hinnerk seinen Dienst beendet hatte und sie beide am Strand entlang liefen. Hinnerk konnte so nette Geschichten erzählen, so dass sie aus dem Lachen nicht heraus kam.
An einem Wochenende waren sie einmal Gäste auf der Fähre und ließen sich auf die Insel Baltrum übersetzen. Auch das Wetter spielte an diesem Tag mit.

Sonne pur!

Schon die Überfahrt zur Insel ließ Petra verzücken.

Mehr als den Hafen und die Bordküche hatte sie ja noch nicht von der Insel gesehen. Mal abgesehen von einem Kurzbesuch.
Jetzt hatten sie Zeit und gingen als erstes zur Seeseite und ließen sich den Wind um die Ohren pfeifen. Stundenlang liefen sie am Strand entlang. Petra kam aus dem Staunen nicht heraus. Es war einfach traumhaft hier.

Petra merkte, dass war ihre eigentliche Welt.

Nicht die Glitzerwelt ihres Ex-Mannes. Hier konnte sie sich so geben, wie sie war. Der Wind konnte ihre Frisur total zerwühlen. Es machte ihr nichts aus.
Sie konnte barfuss am Strand entlanglaufen, sich nach Muscheln bücken und sie in ihrer Vielfalt betrachten und bestaunen. Hier war sie Mensch, der nicht auf das schauen musste, was andere taten.

Hier konnte sie nach ihrer eigenen Fasson leben.

War es das, was sie in all den Jahren vermisste, als sie ihrem Mann immer zur Seite stand, um ihn zu fördern?

Hier musste sie immer die Dame von Welt spielen, eine Rolle, in die sie hinein wuchs und beherrschte, aber nicht ihre Welt war. Sie war lieber Kumpel und Kamerad. Mit ihr konnte man, wenn es sein musste, Pferde stehlen und Unsinn machen.

Sie gab sich lieber unkonventionell, war ideenreich, war witzig und war anschmiegsam, wie ein kleines Kätzchen.

Hatte sie hier das gefunden, wonach sie sich sehnte?

Mit jedem Schritt, den sie mit Hinnerk ging, spürte sie, wie ihre Gefühle für Hinnerk immer stärker wurden.

Auch Hinnerk spürte, wie sehr er seine Petra mochte, ja sie brauchte, um wieder glücklich zu sein.

Am Ende der Insel im Osten angekommen, war Petra überwältigt von der grandiosen Schönheit dieses Fleckchens Erde.

Man könnte meinen, man wäre irgendwo in der Südsee unterwegs. Dieser tolle, weite Sandstrand, der Blick über das Meer mit seinen Schaumkronen, den Blick auf die Dünenlandschaft und den hinüber nach Langeoog.

Es war überwältigend.

Es ging weiter über den Ausläufer der Dünen in die dahinter liegende Heidelandschaft.
Auch hier gab es immer wieder Neues zu entdecken. Das Auge bekam eine Menge geboten. Die Sinne wurden gefordert, die Eindrücke zu verarbeiten.
In einer kleinen Schutzhütte machten sie eine kleine Pause. Die mitgebrachte Brotzeit wurde regelrecht verputzt. Seeluft macht halt hungrig.

Beide saßen eng umschlungen beieinander und lauschten den vielen Geräuschen, die sich vor dieser Schutzhütte sammelten.

Petra fühlte sich zum ersten Mal seit langer Zeit so richtig wohl. Sie schaute Hinnerk tief in die Augen und drückte ihm ganz zärtlich einen Kuss auf und sagte ganz leise:

"Danke, Hinnerk!"

Hinnerk nahm sie ganz liebevoll in seine Arme, schaute sie mit seinen blauen Augen an und küsste sie ebenfalls sehr zart. So saßen sie noch weit über eine Stunde da und genossen gemeinsam den Augenblick.

Aber sie mussten ja auch wieder zurück, denn die letzte Fähre fuhr gegen 20 Uhr. Und jetzt war es schon 18 Uhr. Also, jetzt mussten sie sich noch etwas ranhalten. Im Ostdorf überkam es die beiden und sie konnten nicht widerstehen, sich hier in einem kleinen Cafe und bei diesem herrlichen Sonnenschein einen großen Eisbecher zu gönnen. Er schmeckte herrlich - aber die Zeit rannte gnadenlos.

Es wurde knapp. Aber Hinnerk hatte eine Lösung. Er rief seine Kollegen an, ob sie zehn Minuten später abfahren könnten, da er mit Petra auch noch zurückfahren müsste. Aber ihnen ist leider die Zeit etwas weggelaufen. Okay, zehn Minuten später - machen wir.

„Danke!"

Dann sah man Hinnerk und Petra wie sie barfuss über den südlichen Weg liefen. Völlig aus der Puste erreichten sie, gerade noch rechtzeitig, die Fähre. Völlig erschöpft lagen sich die beiden in den Armen und schauten sich verliebt an.

In der Zwischenzeit wurde im Rheinland die immer noch vermisste Petra gesucht. Ihr mittlerweile Ex-Mann wurde immer noch verdächtig seine Frau, sagen wir es mal so:

" aus dem Weg geräumt zu haben"

Der Kommissar setzte hier eher auf die Taktik des immer wiederkehrenden Verhöres, zu jeder Tages- und Nachtzeit. Über kurz oder lang musste der Täter zusammenbrechen und seine Tat gestehen.
Es war nur noch eine Dauer von einigen Tagen und er konnte seinen Vorgesetzten die Aufklärung des Falles melden. Aber wo war die Leiche seiner Frau abgeblieben? Waren die Kinder ebenfalls daran beteiligt? Die Verhöre wurden immer intensiver.
In der zweiten Nacht brach der Sohn unter dem Druck der angeblichen Beweislast zusammen und gestand den Mord, den er gemeinsam mit seinem Vater ausgeübt hatte.

Die Leiche hätten sie in einem Waldstück irgendwo bei Leichlingen vergraben. Wo genau das allerdings gewesen sei, könnte er nur noch vermuten, da es bei dem Vergraben der Leiche schon sehr dunkel war.

Dieses Geständnis löste eine gigantische Suche aus. Über einhundert Einsatzkräfte waren im Einsatz. Jeder Meter des Waldes wurde umgegraben. Kein Grashalm blieb auf dem anderen. Gefunden wurde nichts. Währenddessen wurde der Vater in die Mangel genommen. Aber ohne Ergebnis. Aber der Kommissar wähnte sich kurz vor dem Ziel und wurde immer hartnäckiger, bis der scheinbar Angeklagte voll aus sich herausging und den Kommissar regelrecht niederschrie und ihm eine gesteigerte Profilierungssucht unterstellte.
Einfache polizeiliche Ermittlungen würde er unterlassen, seinen Sohn mit fadenscheinigen Anschuldigungen zu einem Zusammenbruch zwingen und zu einer Falschaussage verleiten.

Das sind doch Methoden, die an zurück liegende Zeiten erinnern würden.

Darauf war der Kommissar nicht gefasst gewesen, dass ihn einer so anfährt. Da standen sich jetzt zwei Männer gegenüber, die vor Wut schäumten. und es hätte nicht viel gefehlt und die beiden wären sich an die Gurgel gegangen.

Der gerade zufällig anwesende Staatsanwalt konnte gerade noch dazwischengehen.

Als er sah, dass der Kommissar nichts, aber auch gar nichts in den Händen hatte, veranlasste er, dass der Fall einem anderen Ermittler übergeben wurde.

Nach diesem Zwischenfall begann man nach neuen Fakten zu suchen. Solange blieben aber die Verdächtigen in U-Haft.

Im dem Waldgebiet bei Leichlingen wurden keine Spuren gefunden.

Bei Petra ging der Urlaub zu Ende und sie musste wieder zurück, was ihr aber sehr schwer fiel. Auch Hinnerk war traurig und machte ihr einen Vorschlag.

"Meine liebe Petra, ich möchte dir einen Vorschlag machen. Ich habe in vier Wochen meinen Jahresurlaub und ich kann dann das Segelboot von meinem Freund bekommen."
„Hättest du Lust auf einen Segeltörn mit mir hier im Wattenmeer? Dann könnten wir alle Inseln anfahren und sie kennen lernen.

Was hältst du davon?"

Petra blieben die Worte im Mund kleben.

"Mein lieber Hinnerk, das wäre eine ganz tolle Sache." Sie nahm ihn ganz fest in ihre Arme und küsste ihn ganz lange sehr innig. Hinnerk hatte ein paar kleine Tränen vor Rührung in den Augen.

„Dann, dann..." fing auch Hinnerk an zu stottern, „du kannst ja ruhig ein paar Tage früher kommen und wir machen das Schiff gemeinsam startklar."

"Das können wir machen!"

„Darüber telefonieren wir noch." „Rufst du mich an mein lieber Hinnerk?" "Aber sicher doch, jeden Tag, wenn es dir recht ist?" "Du musst mich anrufen - jeden Tag, versprochen?"

"Ja, meine geliebte Petra!"

Der Abschied fiel den beiden sehr schwer. Schon früh am Morgen war Petra zum Hafen gefahren, um sich von Hinnerk zu verabschieden, da er mit der ersten Fährüberfahrt auch seinen Dienst begann. Da standen die beiden, eng umschlungen und beiden fiel es schwer Adieu zu sagen. Erst die Sirene der Fähre gab das Signal zur Trennung.

Die Crewmitglieder kamen alle zu Petra hin, um sich von ihr zu verabschieden, und ihr das eine auf den Weg mitzugeben, ihren Hinnerk nicht zu lange alleine zu lassen, da er sonst zu sehr leiden müsste. Außerdem würden sie sich alle freuen, wenn sie wieder an Bord käme. Denn ihre Herzlichkeit würden sie schon jetzt sehr vermissen.

Den Job hätte sie sicher! Das sollte sie sich einmal überlegen. Sie wäre jederzeit herzlich willkommen an Bord.

Zum Abschluss überreichten ihr die Crewmitglieder noch einen selbstgebackenen Kuchen, mit kleinen Herz drauf. Petra konnte nicht viel mehr sagen, als:

"Danke" und das sie die Zeit hier an Bord sehr genossen hätte. Ihr seid alle so lieb zu mir und es fällt mir schwer, jetzt wieder zurückzufahren.

Ich werde euch vermissen!

Aber bald bin ich wieder zurück."

„Versprochen!"

Petra fuhr mit ihrem Moritz ganz langsam von Anleger weg, winkte lange, hielt noch einmal an und schaute mit ein paar Tränen in den Augen noch eine Weile zurück. Auch Hinnerk schaute ihr noch lange nach. Auch er hatte die eine oder andere Träne in den Augen.

Schon jetzt vermisste er seine Petra.

Aber nicht nur er!

Mit einer Verspätung von fünfzehn Minuten fuhr die Fähre los.

Die Suchmeldung

Jeden Tag telefonierten die beiden zusammen. Jeder wollte von dem anderen wissen, was so über den Tag passiert war.

Eines Tages stand die Kripo vor ihrer Wohnung und sie wurde verhaftet, wegen einer angeblichen Falschaussage. Sie konnte gerade noch ihren Hinnerk anrufen und ihm diese Mitteilung gerade noch übermitteln.

Im Kommissariat angekommen wurde Petra einem Verhör unterzogen. Ihr war bisher noch nicht klar, weshalb sie hier saß.

Auf ihre Fragen bekam sie keine Antwort. Nur von ihr wollte man die passenden Antworten haben. Über Stunden ging das Verhör. Petra versuchte Zeit zu gewinnen und herauszubekommen, warum sie hier eigentlich saß.

In der Zwischenzeit hatte man Hinnerk, nach dem Anruf von seiner Petra, in den Inselflieger gesetzt und ihn in Richtung Rheinland fliegen lassen.

Nonstop!

Von einem kleinen Regionalflughafen ging es mit dem Taxi direkt ins Polizeikommissariat.
Während der Kommissar versuchte einen Fall zu konstruieren, ging plötzlich die Türe auf und Hinnerk stand im Rahmen.

Petra saß mit offenem Mund da und bekam kein Wort heraus. Hinnerk ging auf den Kommissar zu, der etwas zu klein geraten war und jetzt vor Hinnerk stand. Etwas nervös wurde er schon. Als ihn Hinnerk fragte, was dieser Unsinn solle und eine sofortige Erklärung verlangte und noch einen Schritt auf ihn zu ging, sackte der Kommissar auf einem Stuhl zusammen.

Jetzt wurde Hinnerk mit seiner tiefen Stimme noch ernster, und beugte sich über den verängstlichen Kommissar und verlangte nach einer Aufklärung. Nur unter Stottern konnte der Kommissar sich äußern. Hinnerk verlangte den Vorgesetzten des Kommissars.

Als der kam baute sich Hinnerk in seiner ganzen Größe vor ihm auf und verlangte eine sofortige Erklärung. Sonst gäbe es eine Dienstaufsichtsbeschwerde, die sich gewaschen hätte und er könnte anschließend wieder den Straßendienst machen.

Dieses Wort half anscheinend beiden Beamten, ihre Gedanken zu sammeln und ihm eine plausible Antwort zu geben.

"Also meine Herren, dann hat die Dame mit ihrem Fall überhaupt nichts zu tun, denn sie ist erst vor drei Tagen aus dem Norden zurückgekommen und wird jetzt wieder mit mir in den Norden gehen. „Haben sie etwas dagegen, meine Herren?"

"Nein, nein, sie kann gehen!"

Hinnerk nahm die noch immer völlig perplexe Petra an die Hand und beide gingen aus dem Kommissariat heraus.

"So meine liebe Petra, wir werden jetzt deinen Hausstand auflösen und dann geht es nach Hause!"
"Oder willst du noch etwas sagen, mein Schatz?"

Immer noch völlig überrascht schaute Petra ihrem Hinnerk in die Augen und sagte: "Nein, sagen kann ich nichts mehr, ich freue mich einfach, dass du bei mir bist und mir so toll geholfen hast." Dies habe ich schon lange nicht mehr erlebt, dass sich einer für mich so eingesetzt hat."

"Danke mein Schatz!"

„Das ist doch selbstverständlich," gab Hinnerk knapp zurück.
Dann machten sich die beiden an die Auflösung ihrer Wohnung.

In aller Eile wurde ein Möbelwagen bestellt und alle Sachen, es waren ja nicht viele, wurden verladen, einschließlich der "Moritz". Keine zwei Stunden später war alles verladen und der Möbelwagen ging in Richtung Norden auf die Fahrt.

Hinnerk und Petra nahmen sich ein Taxi zu dem kleinen Regionalflughafen, wo der Flieger auf die beiden wartete. Nach einer halben Stunde ging es in die Luft.

Über der Bundesautobahn einunddreißig bei Wesel sahen sie unten den Möbeltransporter, der ihnen nun folgte.

Als sie auf Baltrum wieder landeten, stand die gesamte Crew der Fähre am Flughafen und freute sich, dass Hinnerk wieder zurück war und seine Petra mitbrachte. Beide wurden überschwänglich begrüßt. Viel zu erzählen gab es zunächst nicht, da sie noch unbedingt auf das Festland mussten.

Der Möbelwagen musste ja auch schon bald dasein. Es war keine Frage, dass alle mit anpacken wollten.

Also stellte einer sein Boot zur Verfügung und ab ging es auf die andere Seite des Wattenmeeres. Zum Glück war noch genügend Wasser unterm Kiel.

Sie waren gerade im Hafen angekommen, da bog auch schon der Möbelwagen um die Ecke. Das war perfekt. Der Möbelwagen war in windeseile ausgeräumt, der Moritz bekam einen schönen trockenen Platz in einer Garage.
Zurück konnte keiner, da jetzt Ebbe war. Also wurden schnell entsprechende Nachtlager hergerichtet. Aber zuerst wurde die Wiederkehr von Petra gefeiert. Auch die Torte mit dem Herz musste daran glauben. Erst spät ging man zu Bett, nachdem Hinnerk die Geschichte aus dem Rheinland genauestens und ausführlich erzählt hatte.

Dabei bemerkte Petra, dass Hinnerk sehr schön und spannend erzählen konnte.

Sie fühlte, dass sie hier angekommen war.

Am anderen Morgen begannen die anderen ihren Dienst hier im Hafen, während ein anderer Teil schon mit dem Boot wieder auf Baltrum waren, um dort den Dienst anzutreten.
Hinnerk hatte seine Petra im Gästezimmer untergebracht und ihr schon das Frühstück vor das Bett gestellt, während sie noch tief und fest schlief.

Er legte ihr noch einen Zettel hin, worauf stand:
"Nach zwei Überfahrten bin ich wieder da und dann können wir beide deine Sachen ordnen und einräumen."
Als Petra aufgestanden war und sie Hinnerk `s Zettel sah hatte sie das Gefühl, dass sie hier ihre Heimat gefunden hatte.

Sie verputzte das Frühstück mit einer Wonne und danach begann sie aufzuräumen, was gestern Abend liegen geblieben war.

Auf dem Schreibtisch von Hinnerk fand sie einen Tidenplan. Sie hatte noch gut eine Stunde Zeit, bis die Fähre wieder im Hafen war. So legte sie los. In einer Stunde hatte sie wieder "Klar Schiff" gemacht, zog sich um und ging zum Hafen.

Als die Fähre in den Hafen hinein fuhr, gab es ein Sondersignal für Petra von ihrem Hinnerk, der sie schon längst entdeckt hatte.
Petras Herz hüpfte vor Freude.
Endlich konnte sie ihren Hinnerk wieder in die Arme schließen.
In den nächsten Tagen bekam Petra ein Angebot von der Reederei, das sie freudestrahlend annahm.

Sie fuhr jetzt mit Hinnerk gemeinsam auf der Fähre und hatte den Verkaufsstand unter ihre Fittiche bekommen. Eine Bedingung stellte sie aber an die Reederei.

Sie wollte zur gleichen Zeit wie ihr Hinnerk Urlaub haben.
Aber das war kein Problem. Sie bekam ihn!

Jetzt stand dem Segeltörn nichts mehr im
Weg.

In ihrer Freizeit richteten sie ihr gemeinsames Heim ein und bereiteten das Segelboot für den Törn vor. Hinnerk freute sich, dass Petra sich sehr schnell in die maritime Kunst des Segelns einarbeitete.

Sie hatte einfach Spaß daran und las in jeder Minute in einem Buch über die Segeltechnik.

Der Segeltörn

Die letzten Tage vor dem Urlaub der beiden waren mit zahlreichen Vorbereitungen bestückt. Aber die Organisationskünste von Petra ließen auch diese Tage in einer Ruhe dahin gleiten, als würden sie einen Urlaub auf Balkonien machen. So still und leise besorgte Petra alle notwendigen Sachen, die man für einen längeren Törn brauchte. Hinnerk schaute währenddessen nach der Technik, überprüfte hier und dort, und wenn es notwendig war, wurde ein Teil lieber jetzt ausgetauscht, als später auf See.

An einem herrlichen Sonntagmorgen stachen die beiden in See. Die See lag sehr ruhig da, die Sonne glitzerte auf der Oberfläche, ein guter Wind brachte sie schnell auf Fahrt. Petra saß zum ersten Mal an der Ruderpinne und fühlte sich wie ein Kapitän auf großer Fahrt, während Hinnerk den Leichtmatrosen spielte. Jeder, der jetzt die beiden beobachten konnte, musste bereits feststellen, wie gut sie auf einander eingespielt waren. Vieles ging schon automatisch mit einem Blick. Man brauchte nicht viel zu sagen.

Man hatte das Gefühl, als würden sie schon seit einer Ewigkeit zusammen sein und gemeinsam segeln. Auch Hinnerk schaute immer wieder mit Stolz auf seine Petra.

Er konnte es kaum glauben, dass sie hier mit ihm zum ersten Mal segelte. Sie hatten keine Eile und ließen sich einfach treiben. Die erste Fahrt ging vom Hafen in Varel aus.

Über den Jadebusen ging es in Richtung Wilhelmshaven, vorbei an dem neuen Jade Port, wo gerade eines der größten Containerschiffe gelöscht wurde. Dann ging es weiter an Mellum vorbei in Richtung Wangerooge.

Hier mussten sie sich etwas beeilen, um noch vor der Ebbe in den Hafen zu gelangen.

Hinnerk setzte alle Segel und ihr Boot nahm gewaltig an Fahrt auf. So kamen sie noch rechtzeitig im Hafen von Wangerooge an. Danach war erst einmal eine Stärkung angesagt. Petra hatte in der Zwischenzeit für ein komplettes Menü in der kleinen Kombüse gesorgt. Bei einem herrlichen Sonnenuntergang nahmen die beiden auf Deck ihr Menü ein.

Hinnerk nahm seine Petra in die Arme und drückte ihr liebevoll einen Kuss auf.
Das war sein Dankeschön für das tolle Menü.

Nachdem sie beide zusammen die Kombüse wieder auf Vordermann gebracht hatten, gingen sie an Land, und liefen Händchenhaltend am Strand entlang und genossen die Abendstimmung.

Es war einfach herrlich.

Petra fühlte nach langer Zeit sich wieder geborgen - in den starken Armen von Hinnerk.

Der Antrag

Da saßen die beiden auf einer Sanddüne und schauten in den Sonnenuntergang hinein.

Petra lag in den Armen von Hinnerk und dachte an die letzten Wochen oder Monate zurück. Wie ihr Mann sie verlassen hatte, wegen einer Jüngeren! Wie sie ausgezogen war. Wie verzweifelt sie war. Wie sie so plötzlich liegen gelassen wurde, wie ein Stück altes Holz. Wie sie haltlos durch ein Tal der Tränen trieb. Wie sie versuchte, wieder Boden unter die Füße zu bekommen. Wie sie es wagte, allein in den Norden zu reisen. Wie sie dann jemanden traf, bei dem sie das Gefühl hatte, ihn schon lange zu kennen. Wie sie jetzt in seinen starken Armen lag und wieder ein Gefühl der Geborgenheit verspürte. Ein Gefühl, was sie lange vermisste.
Hinnerk war so ganz anders als ihr Verflossener.

Hinnerk war aufmerksam, hilfsbereit und immer bedacht, mit ihr liebevoll umzugehen.
Er strahlte eine Ruhe aus, die sie selber als sehr angenehm empfand.

Dabei sah er auch noch sehr gut aus. Ferner war er ein Mann mit einigen Fähigkeiten, die sie an ihm nicht erwartet hätte. Und dennoch war er ihr sehr vertraut. Jetzt lag sie in seinen Armen und fühlte sich einfach nur glücklich.

Auch Hinnerk hatte in dieser Stunde seine Gedanken treiben lassen. Er spürte seit langer Zeit ein Gefühl der Verliebtheit. Aber es war doch irgendwie anders. Während er auf seine Petra schaute, durchlief ihn ein Gefühl, das er vorher noch nie so hatte. Er fühlte sich mit ihr total verbunden. Sie gab ihm das Gefühl, dass er jetzt etwas gefunden hatte, wonach er immer gesucht hatte.
Eine Frau, die ihn so nahm, wie er war. Die sich freute, wenn er an ihre Seite war.

Die mit ihm zusammen leben wollte, ohne riesige Ansprüche zu stellen und die ein naturnahes Leben liebte. Die mit ihm die Liebe zur See, zum Wind, zum Sand und zur Küste teilte. Die hier oben mit ihrer Herzlichkeit super ankam. Die zupacken konnte, ohne viel zu fragen, die klug war, die kochen konnte, die auf vielen Gebieten bewandert war.

Da hast du nun eine solche Frau im Arm und traust dich nicht, sie zu fragen. Oder ist das zu früh? Ich kenne sie ja noch nicht so lange.
Wenn ich sie jetzt frage, werde ich sie vielleicht verletzten und es könnte zu einem Bruch kommen. Dies möchte ich auf alle Fälle vermeiden. Spürt sie es auch, dass wir einfach zusammen gehören. Das wir uns beide lieben, auch ohne viele Worte? Das wir den anderen so schätzen und lieben, wie er ist.

Es wurde langsam frisch. Beide standen auf und schauten noch einmal über die See, die jetzt ganz still und ruhig lag.

Das Mondlicht glitzerte über das Wasser. Es war eine tolle Stimmung die jetzt in der Luft lag. Beide genossen diesen Moment. Hinnerk hatte seinen Arm auf Petras Schultern gelegt und hielt sie ganz fest.

In diesem Moment sagte Hinnerk ganz leise einen bedeutungsvollen Satz:

"Wenn ich uns beiden hier so sehe, dann glaube ich, dass wir in einem Jahr, wenn wir hier erneut stehen, einen gemeinsamen Namen tragen werden."

"Ja, mein lieber Hinnerk - aber warum erst in einem Jahr?"

Der Segeltörn II

Die nächsten Tage fuhren beide bei herrlichem Wetter durch die Weiten des Wattenmeeres. Sie genossen das Zusammensein. Für beide war das ein besonderes Gefühl, auf das sie so lange verzichten mussten. Sie nahmen sich sehr viel Zeit füreinander. Aber leider flogen die Tage nur so dahin.
Nach Tagen auf Spiekeroog und Langeoog stand nun die "Eroberung" von Baltrum auf dem Plan.

Schönes Wetter ein guter Wind ließen sie sehr schnell nach Baltrum kommen.

Zwei Tage blieben sie hier. Baltrum gefiel ihnen. Diese kleine Insel war ihr beider Traum. Sie machten lange Spaziergänge am Strand entlang, dabei wurden schon die ersten Pläne gemacht. Diese beschleunigten sich allerdings, als Petra bemerkte, dass ihr Pass bald ablief. So wurde beschlossen, nach der Rückkehr von dem Segeltörn die Formalitäten für eine Heirat in Angriff zu nehmen. Beide waren damit einverstanden, und strahlten um die Wette.

Am nächsten Tag trafen sie am Hafen, sie kamen gerade von ihrem Rundgang über die Insel zurück, einen alten Bekannten von Hinnerk, der früher einmal auf der Fähre seinen Dienst tat.

Jetzt war er als "Reisender" in der Welt unterwegs. Hinnerk freute sich sehr, seinen Bekannten nach langer Zeit hier wieder zu treffen. Man vereinbarte, sich auf ein Bier am Abend auf dem Segelboot zu treffen.

Petra hatte ein paar Kleinigkeiten hergerichtet, Hinnerk die Getränke und die Vorratskammern des Schiffes aufgefüllt.

Der Bekannte kam pünktlich und brachte für Petra einen sehr schönen Blumenstrauß und für Hinnerk eine besondere Teesorte mit, die er immer sehr gerne trank, aber kaum bekommen konnte. Hinnerk stellte seinem Bekannten Klaus seine Petra als künftige Frau vor.

Klaus freute sich sichtlich, dass Hinnerk nun endlich die richtige gefunden hätte.

"Ihr beiden passt sehr gut zusammen!" sagte Klaus.

Es wurde viel erzählt und viel gelacht.

Aber eine Geschichte muss ich euch zum Abschluss aber noch erzählen.

Mein erster Flug und Urlaub auf Mallorca .

Er begann zu erzählen:

Ich bin für ein paar Tage geflüchtet, da das Wetter hier einfach nicht mehr zum Aushalten war. Im Juni nur noch Regen, Wind und Kälte. Das war nichts mehr für mich.

Also ich ab ins Reisebüro hinein und habe mir eine Unterkunft, mit Flug auf Mallorca gebucht.

"Jetzt bin ich zum ersten Mal geflogen!"

„Bis ich mich da mal auf dem Flughafen zu recht gefunden hatte, ach du meine Güte. Zum Glück war ich sehr früh auf dem Flughafen gewesen. Ich hatte mich an eine Reihe am Terminal angestellt, die da gerade vor einem Schalter stand. Über eine Stunde stand ich dann in dieser Schlange . Endlich war ich an er Reihe dran.

Ich legte mein Ticket der netten Dame am Schalter darauf hin. Sie warf einen kurzen Blick auf das Ticket und sagte zu mir:
„Wo wollen sie denn hin?"

„Nach Mallorca," sagte ich. „Da sind sie hier verkehrt." „Zum Einschecken müssen sie an das andere Ende des Gebäudes. Hier geht es nach Russland." „Oh nein, da wollte ich nicht hin."
Jetzt ging die Suche nach dem richtigen Schalter los, während die Abfertigungshalle immer voller wurde. Ich fand einfach meinen richtigen Schalter zum Einchecken nicht.

Ich ging zu einem Informationscenter. Die Dame, die dort saß, war entweder sehr gut drauf oder sie hatte einen im Kahn. Als ich ihr mein Begehr vortrug, fing sie an zu lachen. Durch die gesamte Abfertigungshalle schallte ihr Lachen. Es war ein dreckiges Lachen. Dann kam ihre Durchsage: "Achtung, Achtung der kleine Klaus findet seinen Schalter zum Einchecken nicht! Können wir ihm helfen? Ja, wir werden ihm helfen!

Mein lieber Klaus, gleich kommt eine kleine, dicke Tante, die nimmt dich an ihre Hand und wird dir zeigen, wo du hin musst. Also schön warten!"

„Und wieder konnten wir einem Hilflosen helfen. Dank der lieben Tante Winnie."

Dann verstummte zum Glück die Stimme. Alle Augen waren auf mich gerichtet. Ich kam mir vor, wie ein kleiner Schulbub, der in die Hose gemacht hatte und sich jetzt schämte.

Dann kam eine kleine, korpulente Person, sie nahm mich wirklich wie ein kleiner Schulbub an die Hand und wir marschierten durch die gesamte Abflughalle bis zu meinem Schalter. Als ich jetzt mein Ticket vorzeigen musste, fiel es mir siedend heiß ein, dass ich vor lauter Aufregung mein Ticket am anderen Schalter hatte liegen gelassen.

Ich also wieder im Spurt zurück.

Von allen Seiten bekam ich Beifall und Rufe wie: „he schneller," „Vorsicht da liegt eine Banane oder Klausilein, nicht so schnell, dein Flieger ist schon in der Luft, ich habe Zeit für dich!"

Dann kam ich an einem Frauenkegelclub "Die Beschränkten" vorbei. Elf losgelassene Weiber stellten sich in meinen Weg und meinten: "Komm lass deinen Flug sausen, wir werden dich schon mit allem versorgen was du brauchst." Du musst nur vierzehn Tage deinen Mann stehen!"

Mit letzter Kraft konnte ich mich gerade noch losreißen, unter Verlust meines neuen Hemdes. Mir war es egal.

Das Ticket am Schalter in Empfang genommen und dann ging es im Spurt wieder zurück.

Unter dem tosenden Beifall bin ich bestimmt eine neue Weltrekordzeit gelaufen.

Total fertig kam ich am Schalter an. Schnell waren die Formalitäten erfüllt, als es dann durch die Sicherheitsschleuse ging.

Ich musste viermal hindurch!

Jedes Mal piepte es. Wenn ich das gewusst hätte, dann hätte ich die neue Badehose mit dem schönen, bunten Blechschild, doch lieber nicht angezogen. So stand ich dann halb nackt da und suchte meine Sachen zusammen.

Nachdem ich meine Hose und mein Hemd wieder angezogen hatte, konnte ich endlich das Flugzeug betreten.

Toll sah es ja aus. Aber je weiter ich in das Flugzeug ging, umso mehr kam meine Angst zum Vorschein.

Zum Glück nahm sich eine hübsche Stewardess meiner an, sodass ich für das erste abgelenkt war.

Ich hatte die günstigste Klasse an Bord gebucht. Dort wurde ich nun auch hingeführt.

Hier war eine ganz andere Stimmung. Es ging hier schon recht turbulent zu.

Mittendrin eine Dame, groß, kräftig und so breit wie groß war. Um mal in der Sprache der Marine zu bleiben, sie war eher ein Flugzeugträger als eine schnelle Fregatte. Nur, dass du dir die Größenverhältnisse vorstellen kannst. Die männliche Stewardess hatte schon zahlreiche Schweißperlen auf der Stirn, welches auch schon etwas gezeichnet war. Hier ging es um ihren Sitzplatz. Sie hatte einen gebucht, brauchte aber drei!

Also mussten zwei Mitreisende sich einen neuen Sitzplatz suchen. Der erste hatte Glück und bekam noch einen, damit war das Abteil voll.

Ich suchte noch meinen Platz und hatte, wie es nicht anders zu erwarten war, den zweiten Platz neben dieser Dame, der jetzt nicht mehr frei war.
So wurde ich erst einmal in der Kombüse auf einem Hocker untergebracht.

Kaum saß die Dame auf ihrem Dreiersitz, kam schon der nächste Befehl: "Wann kommt mein Essen?" „ Ich habe Hunger!" „Zack, zack!"
Als der Steward versuchte ihr beizubringen, dass es das Essen erst dann gibt, wenn sie in der Luft seien, holte sie aus und er flog durch die Reihen. Wütend, ja geradezu garstig nahm sie Platz, da auch der Flugkapitän die Herrschaften in dem billigsten Abteil dazu aufrief, das Reden einzustellen, sich hinzusetzen und sich nun endlich mal anzuschnallen, da sie gleich starten würden. Die Dame auf dem Dreiersitz wurde mit einem Seil gesichert. Mehr hatte man nicht zur Verfügung.

Und ich?

Ich saß derweil auf meinem Höckerchen in einer Ecke der Kombüse. Den Start konnte ich nur erahnen. Ich hatte nur einen Gedanken hoffentlich kommt nichts vom Herd auf mich zu.

Endlich waren wir oben in der Luft und schon hörte ich die liebevolle Stimme von unserem "Bröckchen", so hatten die Stewardessen die Dame vom Dreiersitz getauft. Sie hatte Hunger und verlangte nach "einigen" Menüs aus der Bordküche. In aller Eile wurden diese gereicht. Für einige Fluggäste blieben nur noch ein paar Brotsamen übrig.

Nachdem "Bröckchen"gespeist hatte, wollte sie ein paar Runden drehen. Jedes Mal wenn sie versuchte aus einem der Fenster zu schauen, musste der Flugkapitän eine stärkere Schräglage ausgleichen. Nachdem dies mehrfach passiert war, kam er wütend in die Kabine herein und sah gerade, wie "Bröckchen" sich mal wieder über einige andere Passagiere hinüber beugte und für Chaos sorgte.

Gerade noch konnte sein Co-Pilot diese Schräglage ausgleichen. Er drehte sich um, holte aus einem Fach einen Sack heraus und knallte ihn in die Kabine hinein.

Er nahm das Mikrophon und brüllte darin hinein:

„Meine Dame!"

„Sie haben auf ihrem Platz sitzen zu bleiben!"

„Verstanden!"

„Sollten sie es noch einmal wagen, ihren Platz zu verlassen, dann werde ich sie höchst persönlich zur dieser Tür begleiten, ihnen diesen Sack auf ihre Schulter schnallen und sie können dann im freien Fall ihr Ziel erreichen!"

„Haben sie mich verstanden?"

„Wenn nicht, können wir das sogleich machen."

Sie schaute den Kapitän an und sein Blick verhieß nichts Gutes. Widerwillig setzte sie sich hin. Er sah zurück und sagte noch: "Sie stehen nicht vorher auf, bis wir gelandet sind, sonst können sie sich ihr Ziel im freien Fall suchen."
Kopfschüttelnd ging er wieder nach vorne ins Cockpit.
"Puh", sagte noch eine der Stewardessen, „so habe ich ihn noch nicht erlebt." Aber jetzt herrschte eine eigenartige Ruhe.

Die hielt zum Glück bis zur Landung an.

Nachdem das Flugzeug gelandet war, ging der Irrsinn erst recht los. Unser "Bröckchen" verursachte erst einmal ein Chaos, da sie unbedingt als erste heraus dem Flugzeug kommen wollte.

Gut, alle anderen Passagiere machten ihr unter murren Platz. Dann stand "Bröckchen" endlich auf der Gangway.

Als sie wie eine Diva die Gangway herunter schreiten wollte, kamen unerwartet einige hunderte von Kilos ins Wanken und man hörte nur noch einen schweren Schlag, der das Flugzeug arg ins Wanken brachte. Danach gab es einen Großeinsatz auf dem Flughafen.

Schweres Gerät wurde eingesetzt, um unser "Bröckchen" zu bergen.
Erst nach einer Stunde konnten die anderen das Flugzeug verlassen und dann konnte unser Urlaub endlich beginnen.
Die Sonne schien heiter vom Himmel, man hörte das Rauschen des Meeres und verspürte einen leichten, kühlenden Wind.

Was will man mehr.

Ich machte mich auf dem Weg zu meinem Hotel. Es war eines der großen Kästen direkt am Meer. Ich hatte ein Zimmer mit Meeresblick.

Ein toller Ausblick.

Tief unten lag der Bade-Pool mit den zahlreichen Liegen, auf denen überall ein Handtuch drauf lag, aber sonst niemand, der dort auch die Liege nutzte.

Zum Baden hatte ich keine Lust, aber ein kleines Schläfchen im Schatten wäre jetzt nicht zu verachten. Ich hatte mich gerade hingelegt, da ging unten am Pool die Volksliederrunde los.

Ich dachte bei mir, jetzt bist du auf Mallorca und dann musst du dir noch deutsche Volkslieder anhören. Etwas später fiel mir es dann wieder ein, dass Mallorca ja ein deutsches Rentnerparadies ist!

Erst nach dem "Konzert" konnte ich ein wenig schlafen.
Der Schlaf war nicht allzu lang, da die Nacht begann und die Feierlaune anfing, sich zu steigern.

Ich machte mich dann auch auf, um am Nachtleben teilzuhaben, schlenderte über die verschiedenen Straßen, kehrte mal hier ein , um etwas zu essen, dann dort, um mir ein Bier zu genehmigen.

Überall traf man auf Landsleute. Der Abend wurde zu einer langen Nacht. Erst gegen fünf Uhr kam ich wieder zurück ins Hotel.

Es war erstaunlich, wie viele um diese Zeit noch beziehungsweise schon unterwegs waren.

Die meisten hatten ihren Schlafmantel an und huschten durch die Hotelgänge. Ein besonderes Gedränge gab es am Pool. Ich schaute mir das Schauspiel aus einer Ecke amüsiert an.
Es herrschte ein sehr geschäftiges Treiben.

Erstaunlich, wie munter sich die alten Greise bewegten.

Tagsüber lagen sie wie Mumien in ihren Liegestühlen und jetzt hüpften sie wie die jungen Springinsfelde herum, um sich die besten Liegeplätze zu sichern.

Gegen sechs Uhr war der Spuk vorbei. Jetzt mussten sie sich ja wieder auf das Frühstück vorbereiten.
Bis manche dieser Mumien sich mit dem Lametta behangen und die Falten ausgespachtelt hatten, das konnte dauern.
In der Zwischenzeit sammelte ich flink die Handtücher ein und warf sie in den Pool. In Null Komma nix hatte ich die Handtücher versenkt. Ich suchte mir dann eine passende Liege aus und legte mein Handtuch, das ich extra mit meinem Namen versehen hatte, darauf aus.

Dann fixierte ich mein Handtuch noch mit zahlreichen Klebebandstreifen auf der Liege.

Danach ging ich zum Frühstück.

An meinem Tisch, es saßen zehn weitere Personen mit daran, erzählte ich eher beiläufig, dass es eine kurze, aber sehr starke Windbö gegeben hatte und eine Reihe von Handtüchern im Pool versenkt wurden. Kaum hatte ich diese Worte ausgesprochen, machte sich urplötzlich eine starke Unruhe breit und viele verließen fast fluchtartig den Frühstückssaal.

Am Pool herrschte eine große Aufregung.

Jeder versuchte sein Handtuch im Pool zu finden, was allerdings nicht ganz einfach war.
Die ersten Handgreiflichkeiten gingen los. Jeder verdächtigte den anderen.
Wer sein Handtuch gefunden hatte, der sicherte sich sofort seinen Liegeplatz.
So konnte ich in Ruhe frühstücken.
Dabei fiel mir auf, dass alle ihre Teller reichlich voll gepackt hatten und das Frühstücksbuffet schon sehr geplündert aussah.

Eigentlich war ja für alle reichlich da, aber einige schienen zu meinen, der dritte Weltkrieg stünde bevor und man sollte Vorräte anlegen.

Nach meinem Frühstück ging ich runter an den Strand und wanderte eine ganze Zeit am Wasser entlang.

In einem Bereich sah ich dann auch unser "Bröckchen" wieder. Verzweifelt mühten sich einige kräftige Herren ab, um "Bröckchen" auf die andere Seite zu rollen. Es war ein Schauspiel für die Götter.

Dabei hatte der eine der Männer noch Glück, als er ausrutschte und seine Kameraden das Gewicht von Bröckchen zum Glück halten konnten. Sonst wäre dieser Zwischenfall unleidlich ausgegangen. Am nächsten Tag hätte sonst eventuell in der Zeitung gestanden:

"Hilfsbereiter Mann von 250 Kg Lebendgewicht erschlagen."

Für den Obolus, den Bröckchen den Männern bezahlte, mussten sie allerdings mehr als Schwerstarbeit leisten.

Ich ging wieder zurück und machte es mir am Pool gemütlich.
Um meinen Platz wurde ich beneidet.
Einige? Nein, fast alle hatten ihr zweites und drittes Frühstück dabei.
Schön eingepackt in Alufolie.

Am nächsten Morgen kam ich etwas später in den Frühstücksraum.
Am Buffet tobte die Schlacht in den letzten Zügen. Die ersten waren schon seit halb Sieben da. Jetzt war es schon kurz vor zehn Uhr.

Und das Buffet?

Da war nicht mehr viel von da. Mit Mühe bekam ich noch zwei Scheiben trockenes Brot und einige Reststückchen des Aufschnitts zusammen. Etwas von der Dekoration konnte ich mir noch sichern. Sonst waren die Platten geräumt bis auf den letzten Fitzel.
Ich ging in die Küche hinein und sprach mit dem Chef.
Er sicherte mir zu, mir mein Frühstück separat zusammenzustellen, mit dem, was ich wünschen würde.

Er weiß, dass das Buffet ausreichend bestückt ist, aber leider meinen einige der Gäste, sie müssten eine große Verwandtschaft unterstützen und plündern das Buffet bis zur letzten Scheibe Käse. Würde man noch einmal nachlegen, würde auch dies völlig verschwinden. Also lässt man es halt.

Währenddessen herrschte am Pool schon wieder eine große Aufregung. Dabei war ich der Anlass. Wie ich dazu käme, ausgerechnet diese Liege zu blockieren?
Nun gab ich zurück: "Sie gefällt mir" und ich legte mich darauf. Den ganzen Tag sonnte ich mich am Pool und genoss es, die einzelnen Charaktere zu studieren. Es gab einiges zu sehen.
Man hätte hierüber locker ein 300seitiges Buch schreiben können.

Die nächsten Tage liefen so dahin. Ich machte ein paar Ausflüge in die nähere Umgebung.

Derweil wuchs am Pool die Unmut.
Die Stimmung heizte sich auf. Einigen
dieser alten Rentner stieß es
mittlerweile böse auf, dass mein
Handtuch fest mit der Liege
verbunden war.
Das konnte auf keinen Fall so bleiben.
Darin war man sich einig.
Aber wie sollte man vorgehen? Man
diskutierte hin und her. Aber es gab ja
den Kodex, wenn ein Handtuch auf
der Liege liegt, dann darf man dieses
nicht entfernen. Da meinte einer: "In
diesem Fall gibt es keinen Kodex, hier
muss man handeln." Er tat es auch,
riss mein Handtuch von der Liege
herunter und warf es in den
Abfalleimer. Dann wurde ausgelost,
wer jetzt die Liege für den heutigen
Tag benutzen durfte.

Als ich zurückkam, war meine Liege
belegt. Ich fragte in die Runde, wo
denn mein Handtuch wäre? Alle
drehten sich ab!
Na gut, wenn ihr Krieg haben wollt,
dann könnt ihr den haben.

Ich ging in den Ort und suchte einen Schneider auf. Ich ließ mir fünfzehn Handtücher mit der Aufschrift "Königliche Familie" machen. Am anderen Tag konnte ich sie abholen.

In einem weiteren Laden lieh ich mir eine Uniform aus, die eines Gardeoffiziers.

In der frühen Nacht, es war gerade alles ruhig geworden, schlich leise ich zum Pool hin, räumte die ersten fünfzehn Liegen leer und brachte meine neuen Handtücher auf die Liegen.

Dann stellte ich diese recht großzügig rund um den Pool auf. Mit einem gefundenen Flatterband sperrte ich diesen Bereich ab. So, sagte ich zu mir, jetzt kann der große Besuch kommen.

Dann zog ich mir meine Gardeuniform an und legte mich auf die Lauer. Ich brauchte nicht lange zu warten, als der erste kam. Verwundert schaute er sich um. Schnell war auch schon der zweite zur Stelle. Ich wartete noch ein bisschen.

Nach einigen Minuten stand ein ganzes Rudel vor dem Pool und diskutierte lebhaft. Ich richtete mich auf und marschierte darauf zu.
Mit einem scharfen "Stramm stehen" brachte ich sofort Ruhe in die Menge.

Sie hatten scheinbar alle gedient.

Nach einer kurzen, harten Belehrung schickte ich sie mit dem Befehl: "Ab in die Betten" tatsächlich wieder zurück.

Am anderen Morgen war die Ratlosigkeit groß.

Wer sollte hier kommen?

Die Königliche Familie?

Kaum zu glauben.

Nach einem ausgiebigen Frühstück marschierte ich in der Uniform im abgegrenzten Bereich umher.
Als die mich sahen, traute sich keiner mehr, diesen Bereich auch nur noch zu betreten.

Allerdings hatte ich in den nächsten Tagen das Problem, endlich Platz zu haben, konnte ihn aber nicht nutzen, da ich mich ja als Gardeoffizier ausgegeben hatte.

Jetzt hatte ich einen tollen Bereich am Pool ergattert, musste aber schwitzen ohne Ende.

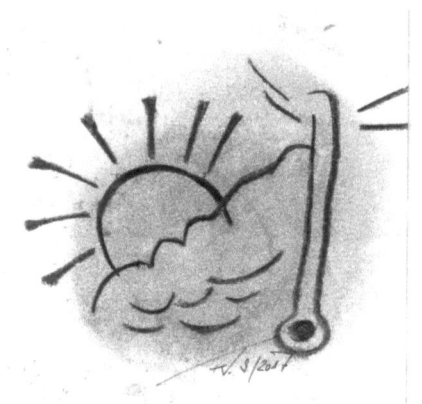

Auch ein Bad im Pool war mir so verwehrt wurden.

Da hatte ich die Rentnergang ausgetrickst, aber mich auch gleich selber mit. So blieb das Poolleben in den nächsten Tagen recht ruhig. Nur die Rentnergang wurde mit den Tagen immer renitenter. Sie löcherten die Angestellten mit Fragen nach dem hohen Besuch.

Aber es hieß immer:

"Die hohen Herrschaften befinden sich noch auf der hohen See." Wir erwarten jeden Tag ihr Eintreffen." So herrschte Ruhe am Pool.

Ich hielt eisern Wache, schwitzte wie ein Bär und sehnte das Ende meines Urlaubes herbei. Eine Woche später war es dann soweit. Es ging zum Glück wieder zurück.

Auf dem Flughafen herrschte schon ein geschäftiges Treiben. Dann hörte ich zahlreiche Martinshörner.
Aus dem Terminal sah ich, wie eine Kolonne mit Blaulicht vor meinem Flugzeug hielt.

Zahlreiche Helfer sprangen aus ihren Fahrzeugen. Kurze Zeit kam auch ein Kran vorgefahren.

Jetzt wurde es spannend. Eine Durchsage sagte uns, beziehungsweise mir, dass der Flug 1313 erst eine Stunde später starten könnte. Zuerst müsste ein Notfall noch an Bord gebracht werden. Aus einem großen Krankenwagen, er hing schon sehr stark in den Achsen, schoben über zehn Helfer eine Trage aus dem Wagen heraus. Ich schaute zweimal hin. Ich wollte es nicht glauben, das war "Bröckchen"! Sollte sie wieder mit uns fliegen?

Nein und nochmals nein! Nicht schon wieder!

Dann wurde „Bröckchen" mittels Kran in die Höhe gehievt. Auf halber Höhe musste der Vorgang abgebrochen werden, da der Kran für dieses Gewicht scheinbar zu schwach war. Ein neuer, größerer Kran wurde angefordert.

Nach einer halben Stunde kam dieser endlich an und Bröckchen wurde zum zweiten Mal angehoben.

Diesmal schaffte es der Kran.

Mit vereinten Kräften wurde Bröckchen in das Flugzeug bugsiert. Danach konnten wir den Flieger endlich besteigen. Allerdings fehlten jetzt ein paar Plätze.
So wurden einige der Flugpassagiere im Gang auf ein paar Luftsäcken untergebracht. Ich brauchte nicht viel zu sagen, für mich war der Platz in der Kombüse vorgesehen. Die Crew kannte mich ja noch vom Hinflug.
Nach drei Stunden landeten wir wieder glücklich in Bremen. „Bröckchen" lag die ganze Zeit festgezurrt auf der Trage. Wie ich erfahren konnte, hatte man sie wohlweislich in einen Tiefschlaf versetzt, da sie vorzeitig abreisen musste, wegen eines Zwischenfalles auf der Polizeistation. Dort soll sie sich mit vier Polizisten angelegt haben. Denen soll es nicht sehr gut gehen.

Ich war froh, das Flugzeug wieder zu verlassen.

Aus dem Terminal schaute ich noch dem Abtransport von „Bröckchen" zu. Über eine Stunde stand ich da und konnte mich vor Lachen nicht mehr halten. Mein Gott, was ging da alles schief. Wie auf Malle war der Kran zu schwach.

Ein Neuer musste her!

Dann riss ein Haltegurt, die Trage senkte sich sehr weit nach vorne, dann riss ein zweiter Haltegurt und Bröckchen ging mit der Trage die Gangway herunter, genau in die Seite eines Krankenwagen hinein. Hier gab es zwei weitere Verletzte.
Verzweifelt bemühte sich eine Hundertschaft von Helfern, „Bröckchen" aus der Seite des Krankenwagens zu befreien. Erst mit großem Gerät gelang es „Bröckchen" befreit werden. Bei diesem Sturz hatte sie sich starke Kopfverletzungen zugezogen.

Der Krankenwagen war nicht mehr fahrbereit, also wurde „Bröckchen" mittels eines Kranwagens und eines LKWs mit entsprechender Ladefläche, worauf sie gehoben wurde, in das nächstliegende Krankenhaus gefahren.

Ich glaube, den nächsten Urlaub verbringe ich doch lieber an der deutschen Nordseeküste, das ist sicherer.

Ja, das war mein Urlaub auf Malle! Ich hatte mich köstlich amüsiert und euer Lachen zeigt mir, dass ihr auch noch nicht aus dem Lachen herausgekommen seid. Aber das sind die Sachen, die man auf einer Reise erleben kann.
Vielleicht werde ich darüber mal ein Buch schreiben, wenn ich nicht mehr in der Lage bin, zu reisen."

Es war spät geworden und Klaus wollte zurück in sein Hotel, da er schon mit der ersten Fähre wieder auf` s Festland wollte. Von dort ging es weiter in Richtung Husum.

Wir wünschten ihm noch eine schöne Reisezeit.
Dann machten wir uns auch bereit, unsere wohlverdiente Nachtruhe einzunehmen.

Am anderen Morgen, es war ein wundervoller Sommertag, gingen die beiden noch einmal über ihre kleine Insel. Sie frischten ihre Vorräte auf und liefen gegen Mittag aus dem Hafen in Richtung Norderney aus.
Sie nutzten die Tide bis zum Schluss und fuhren mit der letzten Schippe Wasser unterm Kiel in den Hafen von Norderney ein. Denn dieser Tag war einfach zu schön, um ihn nicht auszunutzen. Die Sonne strahlte wie lange nicht mehr vom Himmel. Kein Wölkchen trübte den ihn. Eine leichte Brise ließ das Segelboot langsam durch das spiegelglatte Wasser gleiten.

Petra und Hinnerk genossen diesen Tag einfach. Sie waren glücklich, dass sie zusammen waren und fühlten sich frei und unbeschwert. Solche Tage muss man einfach genießen.

Norderney ist eine Insel, wo der Bär tanzt. Hier ist immer etwas los. Im Ort und an der Strandpromenade gibt es jeden Tag immer etwas Neues.

Mal spielt eine Band groß auf oder das Fernsehen ist mit einer Sendung live vor Ort.

Oder es gibt zahlreiche kleine Veranstaltungen für jedermann. Je weiter man nach Osten geht wird es ruhiger. Die beiden gingen in den Ort hinein und fanden ein kleines Restaurant mit einer Gartenterrasse.

Hier gab es ein ruhiges, lauschiges Plätzchen und speisten zu Abend.

Dabei besprachen sie auch das weitere Vorgehen hinsichtlich ihrer Pläne, wenn sie nach dem Segeltörn zurückkommen. Nach dem Essen machten sie noch einen langen Spaziergang am Strand und ließen einen tollen Tag so langsam ausklingen.

Wieder an Bord nahmen sie noch einen sogenannten Absacker, ein Glas Rotwein, und gegen Mitternacht ließen sie diesen Tag endgültig ausklingen.

Denn am frühen Morgen hieß es schon wieder:

"Tide nutzen!"

Ihr nächstes Ziel war die Insel Juist. Auch dieser Tag schien wieder super zu werden. Sie gehörten zu den ersten, die die frühe Tide ausnutzen wollten, um nach Juist zu gelangen. Bei einem guten Wind und optimalen Segelbedingungen erreichten sie sehr schnell die Insel Juist. Im Hafen angekommen, bekamen die beiden einen Platz zugewiesen. Dann hatten sie einen Tag Zeit, um wieder mit der Tide herauszufahren. In aller Ruhe wurde erst einmal ein zweites Frühstück eingenommen. Danach erst ging es an Land. Sie zog es direkt zum Strand. Hier konnten sie so richtig abschalten. Hier konnten ihre Gedanken gemeinsam auf Reisen gehen.

Hier vergaßen sie Raum und Zeit.

Hier waren sie wie kleine Kinder, die sich daran erfreuen konnten, wenn sie eine ungewöhnliche Muschel oder einen Stein fanden. Hier waren sie nur ein kleiner Teil der Schöpfung. Hier waren sie sie selber. Die Stunden flossen nur so dahin. Plötzlich standen sie an der Ostspitze und sahen auf die Insel Norderney, die jetzt ihnen gegenüber lag. Hinnerk schaute auf seine Uhr. Wie spät war das schon? Schon nach neunzehn Uhr!

Jetzt hieß es mal eben 15 km wieder zurücklaufen, wenn man noch die letzte Tide mitnehmen wollte.

Aber wie das bei verliebten Leuten halt mal so ist, sie haben alle Zeit der Welt, sehen nur sich und alles andere musst hinten anstehen. So auch bei den beiden. Sie lachten, sie küssten sich, gingen Händchenhaltend über den Strand.

Und wenn sie etwas Besonders am Strand entdeckten, dann wurde dies sehr genau untersucht, ob dieses Teil sie auf ihrem Weg begleiten sollte oder nicht.

Der Beutel füllte sich schon ganz schön. Es dämmerte bereits, die Sonne war untergegangen und eine schöne Wärme lag noch auf dem Strand.

Niemand war mehr zu dieser Zeit hier am Strand unterwegs. Der Gedanke zu einem Bad in der See kam auf und keine Sekunde später flogen die Klamotten vom Leib und dann ging es auch schon zum Baden in die See. Es war einfach herrlich. Nach dem Bad ließ man die Haut lufttrocknen, bevor man sich wieder anzog.
So kam man natürlich viel zu spät wieder am Hafen an. Die Boote lagen schon mit dem Kiel auf. Die Ebbe war eingetreten. Also machte man es sich auf dem Boot gemütlich. Man hatte ja Zeit. Schnell war eine kleine Brotzeit hergerichtet und man schaute sich zusammen den wunderbaren Sternenhimmel an.
Da kam eine Sternschnuppe am Himmel entlang und beide wünschten sich etwas.
Ich glaube, beide hatten den gleichen Wunsch!

Mit der ersten Flut ging es am anderen Morgen wieder hinaus ins Wattenmeer. Es sollte wieder ein schöner Tag werden. Petra und Hinnerk genossen ihre Zweisamkeit an Bord und wurden immer mehr zu einem eingespielten Team. Sie verstanden sich blind. Selbst schwierige Anlegemanöver klappten hervorragend.

Auch Petra traute sich diese Anlegemanöver zu und machte das sehr gut. Hinnerk konnte manchmal nur stauen, was seine Petra so alles drauf hatte.

Die Fahrt nach Borkum war ein Traum. Alle Faktoren spielten mit.
Hinnerk saß am Steuer, ein gleichmäßiger Wind trieb sie in Richtung Borkum, so konnte Petra sich aufs Sonnendeck zurückziehen und ihren Gedanken freien Lauf geben.
Sie schaute zum Himmel hinauf, sah die kleinen Wolken, wie sie ihren Weg gingen. Sie sah die Möwe, die auf ihrem Flug in Richtung Insel war.

Sie dachte auch über ihren Weg nach. Sollte sie jetzt noch einmal ihr großes Glück finden? Ging das nicht alles zuschnell?

Sollte man sich lieber noch etwas Zeit lassen?
Was würden die anderen darüber denken? Panik? Oder gar Torschlusspanik? Angst vor dem Alleinsein, vor der drohenden Einsamkeit?
Sie warf einen Blick zu Hinnerk rüber, der mit ruhiger Hand das Boot steuerte. Als er ihren Blick sah, warf er ihr eine Kusshand zu.
Sie erwiderte seine Kusshand mit einem Kuss.
Nein - was hatte sie für Gedanken. Da sitzt mein Traummann, einer der mich von Herzen liebt, einer der für mich alles tun würde, einer der mich auf seinen starken Händen trägt.

Sollte das alles falsch sein?

Nein!

Denn auch ich liebe ihn sehr. Er ist meine Liebe. Dafür würde ich alles tun. Also, ist dies nicht verrückt, sondern nur der Ausdruck einer wahren Liebe. Es ist auch keine Panik dabei.

Nein, es ist schlicht und einfach - nur Liebe!
Sie stand auf, ging zu Hinnerk hin, setzte sich neben ihn, umarmte ihn ganz zärtlich und drückte ihm einen dicken Kuss auf.
Hinnerk kam ins Schmunzeln und fragte seine Petra: "Wie komme ich zu dieser Ehre?"

Leise antwortete Petra: "Mein lieber Hinnerk, ganz einfach - ich liebe Dich!"

Ganz leise und mit einer für Hinnerk ungewöhnlich zarten Stimme gab er zurück:
"Ich liebe dich auch mein Schatz, von ganzem Herzen! Du machst mich sehr glücklich."

Auf Borkum blieben sie zwei Tage, dann wurde es aber schon wieder Zeit, sich auf die Rückfahrt zu machen, denn der Urlaub ging langsam zu Ende.

Leider viel zu schnell!

Die Hochzeit

Lassen wir Petra mal kurz weiter erzählen:

Nach dem wunderschönen Segeltörn, den wir unbedingt noch einmal machen wollen, blieb uns nichts anderes übrig, als unseren alltäglichen Pflichten wieder nachzukommen.
Wir gingen auf der Fähre unserer Arbeit nach. Hinnerk als zweiter Offizier, und ich arbeitete in der Kombüse und versorgte die Fahrgäste mit allerlei Snacks.

Zwischendurch waren wir auf dem Standesamt, um die Papiere für die bevorstehende standesamtliche und kirchliche Hochzeit zu bekommen.
Der Termin stand schnell fest.
Es sollte der erste Oktober werden.
Dann hatten wir noch zwei Monate Zeit. Bis dahin sollte auch mein neuer Pass fertig sein.

In unserer Freizeit bauten wir das Haus von Hinnerk etwas um. Hinnerk hatte mir alle Freiheiten gegeben in der Neugestaltung unseres gemeinsamen Heimes. Ich glaube, es gefiel ihm sehr, als ich etwas Farbe in sein beziehungsweise unser Reich brachte.

Auch unser gemeinsames Schlafzimmer bekam einen ganz neuen Anstrich.

Ach ja, zwischendurch heirateten wir ganz allein standesamtlich, da ich meine neuen Papiere sehr schnell bekamen. So war alles rechtzeitig zur kirchlichen Hochzeit fertig.

Nur eines betrübte mich.

Meine Kinder hatte ich zur Hochzeit eingeladen. Aber ich bekam nur Absagen.

Mein Sohn schrieb mir: "Mit einer Mutter, die meinen Vater betrügt und verlässt, möchte ich nichts zu tun haben. Und außerdem, was will ich mit einem Hungerleider, der auf einer Fähre Karten abreißen muss.

Davon habe ich nichts zu erwarten.

Adieu und auf Nimmerwiedersehen!"

Das tat schon sehr weh!

Aber davon ließ ich mich nicht abhalten, mich auf meine Hochzeit zu freuen.
Als ich Hinnerk davon erzählte, meinte er nur trocken: "Sollte der Schnösel mir mal über den Weg laufen, dann werde ich ihm mal zeigen, wie wir hier oben ein solches Problem lösen.
Noch nicht mal trocken hinten an der Büx, aber schon irgendwelche Wünsche haben. Der kommt mir richtig!"

Von meiner Tochter habe ich bis heute noch nicht einmal eine Antwort erhalten.

Damit war das Thema Kinder abgeschlossen für mich.

Der erste Oktober kam immer näher. Ich freute mich sehr auf meine Hochzeit mit Hinnerk. Wir wollten im kleinen Kreis feiern. Aber ich ahnte schon, dass er größer werden würde. Die Vorbereitungen liefen auf Hochtouren. Ich hatte mir ein sehr schönes Kleid gekauft. Damit wollte ich Hinnerk überraschen. Viele liebe Freunde halfen bei den Vorbereitungen. So brauchte ich selbst nicht viel tun, sondern nur meine Wünsche vorzutragen und schon wurden diese umgesetzt.

Das war einfach toll.

Schon früh am Morgen des ersten Oktobers waren alle auf den Beinen. Letzte Vorbereitungen wurden abgeschlossen.

Dann ging es los. Die Kutsche fuhr vor und mit der wurde ich zur Kirche gebracht.

Die gesamte Strecke war mit Blumengebinden geschmückt. Überall hatte man Girlanden aufgehängt. Vor der Kirche wurde extra ein roter Teppich ausgelegt. Ich kam mir wie eine Prinzessin vor.

Es war einfach traumhaft!

Auf der gesamten Strecke standen die Bewohner vor ihren Häusern und winkten mir zu.
Hinnerk erwartete mich schon ungeduldig vor der Kirche.

Als ich in der Kutsche vorfuhr, ausstieg und er mich in meinem neuen Kleid sah, kam nur ein lautes "Wou" über seine Lippen. Er strahlte über beide Wangen.

Gemeinsam, Arm in Arm, marschierten wir unter den Klängen einer Orgelmusik in die feierlich geschmückte Kirche. Da saßen wir beide nebeneinander, im feierlichen Ornat, sahen uns an, hielten unsere Hände und schauten uns ganz tief in die Augen.

Bald sind wir ein Ehepaar und gehen gemeinsam durch diese Welt.

In seiner Predigt ging der Pastor sehr humorvoll auf die Pflichten eines Ehepaares ein.

Dabei machte er uns noch einmal auf die Veränderungen aufmerksam, die sich ergeben, wenn er uns jetzt trauen sollte.

Aber zuvor, das wäre seine Pflicht, wollte er noch einmal darauf hinweisen und uns ins Gewissen reden:

Liebes Brautpaar

„Es freut mich ganz besonders, dass ihr euch heute hier in dieser Kirche das Ja-Wort geben wollt.

Aber bevor ich euch traue, möchte ich noch einmal die Gelegenheit nutzen, die letzten Zweifel an eurer Entscheidung zu beseitigen.
Ich freue mich immer, wenn ein Paar zueinander ja sagt. Dabei gibt es aber manchmal auch ganz andere Gründe als die große Liebe.

Da haben wir zum Beispiel das kühl kalkulierende Paar, das heiratet, um Steuerkosten zu sparen. Eine Einsparung von gut 20 % lässt manch einen dazu verleiten, ja zu sagen.

Ich hoffe, das ist bei euch nicht so!

Dann gibt es das Beispiel, dass man heiraten muss, da etwas bei der Verhütung daneben gegangen sein muss.
Damit das Kind nicht als Bastard auf die Welt kommen soll, wird dann halt geheiratet.

Ich hoffe, das ist bei euch nicht so!

Ferner gibt es den Fall, dass der eine sich versorgt sehen möchte und deshalb nur sein Ja-Wort gibt.

Ich hoffe, dass ist bei euch nicht so!

Es gibt aber auch der Fall, dass man sich in einer stürmischen, lauen Sommernacht näher gekommen ist und sich noch immer in einem Rausch der Liebe und des Alkohols befindet und übereilt ja gesagt hat.

Ich hoffe, das ist bei euch nicht so!

Aber es kann auch jenes sein, dass die Eltern bestimmt haben, wer hier wen heiratet. Jetzt wird man zu Altar der Liebe geschleift und wird verheiratet.

Ich hoffe, das ist bei euch nicht so!

So gibt es aber auch den Fall, dass die Frau bestimmt, dass geheiratet werden soll – ohne wenn und aber!

Ich hoffe, das ist bei euch nicht so!"

Mein lieber Bräutigam - noch ein Wort von Mann zu Mann:

Bedenke, dass bei einer Heirat alles Geld nur noch die Hälfte an Wert besitzt.

Bedenke, dass du vielleicht dein Beinkleid verlierst und sie jetzt die Hosen anhat.

Bedenke, dass du ganz schnell unter den Pantoffel der neu angetrauten Frau kommen kannst.

Bedenke, dass dein Frühschoppen in Gefahr ist und du nach der Kirche nach Hause kommen musst, um das Essen zu kochen.

Bedenke, dass du immer willig sein musst, wenn deine Frau mal keine Migräne hat.

Bedenke, dass du nur noch ein reiner Befehlsempfänger bist und zu tun hast, was deine Frau dir anträgt.

Bedenke, dass du, wenn ich dich jetzt gleich traue, keinen Schritt mehr zurück machen und dich nur noch still ergeben kannst.

Bedenke, dass deine Zukünftige das alleinige Sagen hat. Das was sie sagt, hast du zu erledigen.

Bedenke, dass du nichts mehr wert bis, wenn du es nicht mehr bringst.

Bedenke, dass die letzte Minute deiner Freiheit geschlagen hat.

Also jetzt hast du die letzte Gelegenheit, dir dies noch einmal gründlich zu überlegen und mutig zu sein.

Entweder ja zu sagen oder ein tragischer Held zu werden, wenn du nein sagst.

Auch dieses solltest du dir noch einmal gut überlegen - du hast nur noch zwei Minuten dazu.

Die Orgel spielte ein kleines Lied.

Also - wie fällt deine Entscheidung aus????

Bei dem Brautpaar vor euch, hörte man an dieser Stelle, nur noch das starke Fallen eines Stuhles, ein heftiges Türschlagen und man hörte, wie sich die Schritte rasend schnell von dannen machten. Eine kleine Staubwolke legte sich wieder auf den Fußboden und dann trat eine gewisse Stille ein.

Bis... man das wütende Schreien der Braut vernahm und alle dann doch lieber Reißaus nahmen.
So wurden dem Bräutigam in letzter Minute die Augen geöffnet und er rannte und rannte, er dankte kurz dem Herrn für seine Hilfe und er rannte weiter...

Amen

Und wie ist das bei euch? Ihr beide sitzt da, noch lacht ihr, aber...?

Als der Pastor uns nach seiner Predigt aufforderte aufzustehen, ging es um den letzen Schritt.
Seine Frage wurde von uns beiden mit einem deutlichen "Ja" beantwortet.
Damit wurde auch dieser letzte Schritt vollzogen.

Jetzt waren wir unzertrennlich verbunden. Ein langer zärtlicher Kuss besiegelte dieses Versprechen. Während Hinnerk strahlte wie ein Honigkuchenpferd, liefen bei mir ein paar kleine Tränchen der Rührung.

Mit Orgelklängen und dem Lied "Hey Jude" gingen wir aus der Kirche. Wir wurden von unseren Freunden mit Hurra- Rufen empfangen.

Nach den obligatorischen Hochzeitsfotos ging es dann in den Dorfkrug, wo die Feierlichkeiten weiterliefen.

Es war ein so herrlicher Tag, den ich nie missen möchte.

Einfach traumhaft.

Nach einem sehr ausgiebigen Hochzeitsmahl und der Kaffeetafel trat unser Freund Klaus ans Mikrofon, sprach uns seine Glückwünsche aus und er hoffte, dass es Hinnerk bei mir gut gehen würde und nicht so wie bei ihm.

Ohne es zu merken, waren wir plötzlich in einem Vortrag von Klaus drin.

Ich glaube, den sollten wir der Nachwelt erhalten und hier, mit der Erlaubnis von Klaus natürlich, erzählen:

"Ach, was soll ich euch darüber erzählen?

Ich habe manchmal das Gefühl gehabt, dass unsere Hochzeit eher ein Event für meine Frau war. Und für mich?

Ich war wahrscheinlich nur das leidige Übel, was man an der Seite haben muss, um das Hochzeitsritual zu vollziehen.
Aber lasst es mich mal versuchen, etwas über die Vorbereitungen zur meiner Hochzeit zu erzählen. Einfach wird es nicht, dazu gab es zu viele Änderungen.

Die Vorbereitungen fingen ja schon Monate, um nicht zu sagen: Jahre, vorher an.

Nicht mit mir, nein, mit den zahlreichen Freundinnen meiner liebreizenden, zukünftigen Gattin.

Eigentlich kann ich von mir behaupten, dass ich mit den Vorbereitungen nichts zu tun hatte, außer meine zukünftige Gattin zu den einzelnen Geschäften in halb Deutschland zu fahren, weil sie gerade dort und nur dort, das ultimative Stück zu ihrer Hochzeit finden würde. Aber wie oft wurde sie enttäuscht.

Nun ja, es sollte ja auch immer etwas Besonderes sein. Etwas, das andere nicht hatten. So jagte sie eine Idee nach der anderen nach, um doch noch das ultimative Stück für ihre Hochzeit, ich betone: "für ihre Hochzeit" zu bekommen. Und wir fuhren durch halb Deutschland.

Ich hätte lieber dafür einen kleinen Urlaub an der Küste gemacht!

Aber nein, das würde ich ja nicht verstehen. Für den schönsten Tag in ihrem Leben, wäre das Beste gerade gut genug.

Sie sprach immer nur von ihrem schönsten Tag in ihrem Leben - nie von meinem oder gar unserem schönsten Tag. Manchmal fragte ich mich, welche Rolle sollte ich bei ihrem schönsten Tag denn überhaupt spielen?

War ich vielleicht nur ein Statist, der halt dazugehört, weil es die Trau - Zeremonie so wollte? Aber was blieb mir denn anders übrig, als gute Mine zum Spiel zu machen.

Als ich einmal so ganz leise anmerkte, dass ich vielleicht einen neuen Anzug bräuchte, fuhr meine Herzallerliebste regelrecht aus der Haut. Während sie verzweifelt ein passendes Kleid suche, würde ich meine Gedanken an einen Anzug verschwenden. Das ist doch die Unmöglichkeit. Das schlägt ja fast dem Fass den Boden aus.

Auf diesen verbalen Ausfall meiner Frau war ich überhaupt nicht gefasst und als lieber, braver zukünftiger Ehemann, der ja noch in der Lernphase war, zog ich sofort meinen Gedanken an einen neuen Anzug zurück.

Nach dem fünfundzwanzigsten Kleid war dann auch meine Zukünftige geschafft und endlich, nach sechs Stunden, konnten wir uns auf den Heimweg machen.
So ging es in den nächsten Wochen jeden Samstag. Über 100 Kleider hatte meine Liebste schon angezogen, aber immer gab es etwas daran auszusetzen.

In meiner sprichwörtlichen Verzweiflung machte ich die unglückliche Bemerkung, dass sie ja das schöne, lange, blaue Kleid noch hätte und sie darin ja wie ein kleiner Engel aussehen würde. Den Begriff "Rauscheengel" konnte ich mir noch gerade verkneifen. Aber damit hatte ich einen Tobsuchtsanfall meiner Liebsten ausgelöst. Wie ich überhaupt dazu käme, einen solchen Gedanken überhaupt kund zu tun. Gerade für ihren schönsten Tag in ihrem Leben. Das wäre doch der Höhepunkt und wutschnaubend verließ sie den Laden. Ich konnte nur noch leise hinterherrufen „und was ist mit meinem Anzug?"

Damit war ich für die nächsten Wochen von allen weiteren Aktivitäten ausgeschlossen, was mir auch ganz recht war.

In dieser Zeit war meine zukünftige Gattin sehr unleidlich, da es ihr immer schwieriger wurde, sich für irgendetwas zu entscheiden, da auch die Freundinnen alles taten, sie total zu verunsichern.
Der große Festtag rückte immer näher. Die Spannung wurde immer heftiger und das Klima reizbarer.
So war es besser, dass ich mich aus der weiteren Planung heraushielt. Vor allem hätte ich mich dann auch noch mit jeder ihrer lieben Freundinnen anlegen müssen, die ja alles besser wussten - als ein Mann!
Also ließ ich sie, als kluger Mann, gewähren.
Ab und zu konnte ich mir die Frage nicht verkneifen, ob es denn bei dem festgelegten Datum bleiben würde oder ob man an eine Verschiebung denken müsste. Dafür erntete ich nur bitterböse, ja fast tödliche Blicke.

Also ging ich meinen Weg. Zwei Tage vor der Hochzeit zog ich in ein Hotel um, da ich die Hektik in unserer gemeinsamen Wohnung nicht mehr ertragen konnte. Die Männer werden mich verstehen können, denn wenn zwölf Frauen einen gemeinsamen Nenner finden müssen, dann ist Aufregung und Stress angesagt.
Und immer die ganzen, endlosen Diskussionen um die kleinsten Details. Dann fiel mir auf, dass die Damenwelt sich immer noch mit dem Kleid beschäftigte.

Und der Friseur? Hatten die sich schon darüber Gedanken gemacht?
Und was war mit den anderen Sachen, wie Lokal, Essen, Trinken, Hochzeitsreise usw.?

Darüber wurde bisher noch gar nicht gesprochen.

Aber ich sollte mich ja daraushalten, so die Meinung der Damenwelt.

Und ein kluger Mann gibt nach!

Einen Tag vor der Hochzeit herrschte bei meiner Herzallerliebsten, die ja in den letzten Wochen keine Zeit mehr für mich hatte, das totale Chaos. Das ausgewählte Kleid passte plötzlich nicht mehr! Oh Gott, was für ein Drama! Am Morgen sah ich meine Frau, in Begleitung ihrer besten Freundinnen, im Jogginganzug durch den Park laufen. Eine Runde nach der anderen. Geteiltes Leid ist ja halbes Leid. Zig Runden drehten sie!

Ob es geholfen hatte?

Ich werde es ja morgen zu sehen bekommen. Hoffentlich passt es!
Aber ich hatte nicht viel Zeit, um mir jetzt darüber meinen Kopf zu machen.
Ich wollte mir ja noch einen neuen Anzug kaufen, dann noch ein paar Kleinigkeiten vorbereiten.
Anschließend wollte ich noch meinen Junggesellenabschied etwas feiern.
Nach einer halben Stunde hatte ich meinen Anzug und die anderen Kleinigkeiten waren auch erledigt.
Jetzt kann die Hochzeit kommen, dachte ich noch so bei mir.

Bei meiner Zukünftigen sah das zu diesem Zeitpunkt noch ganz anders aus. Dort musste das totale Chaos herrschen.

Gegen 20 Uhr bekam ich einen Anruf von ihrer besten Freundin Chantal, die mich fragte, ob ich denn an die Hochzeitstafel, Kirche usw. gedacht hätte. Nein, antwortete ich ihr trocken, darum wollten sich ja meine Zukünftige und ihr Stab selber kümmern. Scheinheilig fragte ich nach, ob denn alles fertig sei. Ich hörte am anderen Ende nur noch einen lauten Schrei und der Hörer fiel auf die Gabel.

Was war los, dachte ich noch so bei mir und machte mich auf zu meinen Kumpels, um meinen Junggesellenabschied zu feiern.

Derweil fiel der Stab dort aus allen Wolken. Vor lauter Aufregungen um das Kleid hatten sie alle anderen Vorbereitungen völlig außer acht gelassen.

Jetzt möchte ich nicht wissen, was da jetzt los gewesen ist.

Ich schaltete mein Handy aus!

Am anderen Morgen hatte ich hundert Anrufe drauf. Aber die ließen mich völlig kalt. Dafür nahm ich erst einmal ein kaltes Bad und machte mich fertig.

Pünktlich, kurz vor zehn Uhr, stand ich vor der Kirche.

Aber nichts tat sich.

Nachdem ich eine halbe Stunde vergeblich gewartet hatte, machte ich mich zum Pfarrbüro auf, klingelte dort und traf unseren Pastor an.

Als ich ihn fragte, ob denn heute keine Hochzeit sei, schaute er mich ganz entgeistert an, verdutzt sah er in seinen Kalender. Da stand zwar, dass heute um zehn Uhr unsere Hochzeit sein sollte, aber eine Bestätigung war nicht eingegangen!
Auch die hatte meine Zukünftige bei all ihren Vorbereitungen vergessen.
So ging ich halt wieder zurück in mein Hotel.

So gegen 15 Uhr traf dann der Pulk der Damenwelt ein und wunderte sich, dass keiner da war. Sie hatten doch so viele Einladungen ausgesprochen. Ausgesprochen oder sind diese nicht rausgegangen? Keine Ahnung.

Als sie den Pastor aus seinem Mittagsschläfchen geklingelt hatten und er ihnen erzählte, dass die Trauung eigentlich für den heutigen Tag vorgesehen war und zwar um zehn Uhr heute Vormittag und der Bräutigam war auch pünktlich anwesend, aber keine weiteren Gäste und keine Braut, so ging man unverrichteter Dinge wieder auseinander.

Und jetzt würden sie hier vor der Tür stehen,Sturm schellen ,und wieder fehlt die Hälfte der Leute, die zu einer Trauung kommen wollten. Was wäre jetzt denn überhaupt los? Da standen meine Zukünftige und ihr gesamter Stab völlig fassungslos und heulten los wie die Schlosshunde.

Dann gab ihnen der Pastor genau zwei Stunden Zeit, um gegen 17 Uhr hier vor der Kirche zu stehen und zwar Braut und Bräutigam.
Wer sonst noch dabei sein wollte kann kommen, oder bleibt zu Hause.
In den nächsten zwei Stunden glühten die Telefonleitungen. Bei mir gingen über vierzig Anrufe ein. Aber ich hielt mich erst einmal ruhig.
Lass die getrost nervös werden, war mein Gedanke. Ich legte mich noch einmal etwas auf `s Ohr, um für den letzten Akt gewappnet zu sein.
Es reicht ja, wenn ich um 16.57 Uhr vor der Kirche erscheine. So konnte ich mich in aller Ruhe noch etwas entspannen.

Bei meiner Liebsten waren alle Nervenstränge bis zum Reißen gespannt.

Da wuselten zwölf Damen durcheinander und keine wusste mehr, wo ihr der Kopf stand.

Mit fliegenden Fahnen, Tränen in den Augen, gespannt wie ein Flitzebogen und völlig fertig standen meine Zukünftige und ihr Beratungsteam um 16.50 Uhr vor der Kirche.

Alles war soweit da - nur der Bräutigam fehlte noch.

Hatte ihn einer erreicht? Nein! Es ging keiner ans Handy! Und im Hotel war er auch nicht!

Wo war der bloß?

Der wird doch nicht abgehauen sein?

Oder?

Während die tollsten Gerüchte und Annahmen die Runde machten, hörte man ein unheimliches Motorgrollen, das ganz langsam auf sie zukam. Man sah nur die Form eines Autos, das ganz langsam auf sie zufuhr.

Ein dunkelgrüner Jaguar E - Type.

Dann hielt er vor der Kirche. Ganz langsam ging die Tür auf - und wer stieg aus?

Ich, in meinem neuen dunkelgrünen Anzug. Meine Frau war völlig platt und bekam den Mund nicht mehr zu. Die Freundinnen wurden blass und bekamen ebenfalls keinen Ton mehr heraus. Ich nahm meine Frau in den Arm, gab dem Pastor ein Zeichen und gemeinsam schritten wir zum Altar.

Nach einer knappen Stunde waren wir kirchlich getraut.
Hoffentlich war ich jetzt gleichberechtigt.

Es wurde noch eine sehr schöne Hochzeitsfeier und meine Frau blieb erst einmal sprachlos, Von ihren Freundinnen mal ganz zu schweigen. Dies war auch gut so.

Aber wie heißt das berühmte Sprichwort:

Wo viele Köche daran arbeiten wollen, das geht meistens schief!

Am späten Abend verließen wir die Stätte des Festes, setzten uns in den Jaguar E-Type, drehten noch eine kleine Ehrenrunde und dann ging es ab in die Flitterwochen – und wohin wohl?
Na klar - es ging an die Nordseeküste, die wir beide eigentlich sehr lieben.

Was dann geschah, schreibe ich vielleicht mal in einem Buch nieder.

Damit beendete Klaus seinen Vortrag. Manch einer hielt sich den Bauch vor Lachen.

Der ein oder andere schüttelte leicht den Kopf und murmelte vor sich hin, das kenne ich auch!

Mein lieber Klaus, hoffentlich ist dein Leben jetzt besser geordnet, als vor der Hochzeit.
Aus einer Ecke kam zurück: "Nein heute habe ich nichts mehr zu sagen!"

Armer Klaus!

Danach gab es weitere Vorträge, unter anderem auch von unserem gemeinsamen Chef, der nun endlich froh war, dass die Schnäbelei auf der Fähre nun endlich vorbei ist. Ein Ehepaar küsst sich nicht mehr! Ich glaube, der kennt uns nicht! Danach wurde der Tanzboden freigegeben. Gegen einundzwanzig Uhr trat ein Shanty-Chor auf und brachte den Dorfkrug zum Beben. Bis spät in die Nacht wurde hinein gefeiert.
Gegen dreiundzwanzig Uhr wurden wir mit einem feierlich geschmückten Moritz abgeholt und in unser gemeinsames Haus gebracht, mit den Worten:

"Wir wüssten ja, was wir jetzt zu tun hätten!"

Im Dorfkrug wurde derweil weiter gefeiert. Wie ich später hörte - bis morgens um fünf!

Die Flitterwochen

Nach den wunderbaren Feierlichkeiten ging es für fünf Tage auf ihre Lieblingsinsel Baltrum. Hier hatten sie ein sehr schönes Quartier gefunden und sie machten lange Spaziergänge am Strand entlang.
Das Wetter spielte auch im Oktober noch super mit. Mehr brauchten die beiden nicht für sich. Sie liebten diese Stille, diese Ruhe, die dieses Eiland ausstrahlte.

Hektik war hier ein Fremdwort.

Mit Pferdefuhrwerken wurde der Inselverkehr bewerkstelligt.

Hier sehen sie zwei dieser Pferde, die die Transporte auf der Insel abwickeln.

Ansonsten geht man halt zu Fuß.
Zum Transport nimmt man sich einen
Bollerwagen. Es geht auch so! Und
am Strand braucht man nicht viel. Im
Osten der Insel kommt man in eine
andere Welt hinein.

Man hat das Gefühl, irgendwo in der
Südsee zu sein

Ein weißer Sandstand, das Wasser des Meeres glitzert, der Wellenschlag ist gerade noch auszumachen, der Wind bringt eine frische Brise und die Sonne lacht strahlend vom Himmel.

Hier kann man stundenlang sitzen und sich in eine andere Welt denken. Es sind ganz neue Eindrücke die man bei der Betrachtung dieser Bilder gewinnt.
Man verliert den Sinn für Raum und Zeit. Eine Natur, die so ursprünglich ist, wie sie geschaffen wurde und trotzdem einem ständigen Wandel unterliegt.
Es sind aber auch Bilder für die Seele. Hier kann sie ungestört auf Reisen gehen, neues entdecken und sagen, dass das Leben so wunderschön sein kann.
Jeder Tag wurde genutzt, um sich den Sinnen zwischen Wasser, Sand, Sonne, Wolken, Regen und Wind auszusetzen, sie in sich aufzunehmen und diese einfach nur zu genießen.
Hektik ist hier ein Fremdwort.
Man hat Zeit. Man nimmt sich die Zeit.
Man hält einfach inne.

Es gibt immer etwas Neues zu entdecken. Für einen so genannten "Speedjüngling" könnte es hier etwas fad und öde werden. Aber diese beiden lieben diese Ruhe und Stille.
Hier können wir beide hervorragend abschalten. Aber wie immer im Leben geht auch diese schöne Zeit vorbei und der Alltag erwartet einem.

Lassen wir Petra mal etwas über eine besondere Begebenheit erzählen:

"An unserem letzten Tag auf der Insel, wir hatten gerade mal wieder eine komplette Inselumrundung gemacht.
Die Sonne strahlte wie wir, von einem stahlblauen Himmel auf uns nieder und erfüllte unser Herz voller Freude.
Wir genossen diesen Tag einfach.
Wir nahmen uns sehr viel Zeit.
So liefen wir am Strand entlang, sammelten irgendwelche besondere Muscheln, Steine und was man sonst noch so findet. Wir ließen uns den Wind um die Ohren wehen, liefen barfuß am Strand entlang und über den feinen Sand.

Es war einfach ein herrlicher Tag. Was wollte man mehr. Nach Stunden hatten wir unsere Insel umrundet und waren wieder an unserem Ausgangspunkt, an einem Bistro mit dem markanten Namen "Verhungernix", gelandet,

Hier hatten wir uns mit einem Fischbrötchen und einem verdienten "Pils nordisch herb" gestärkt, als mir ein Plakat ins Auge stach. Da stand in großen Lettern geschrieben, was mein Mann auch ohne Brille noch lesen konnte:

"Heute kleine Wattwanderung".

Das wäre doch mal etwas, dachten wir uns.

Ich lenkte den Blick von Hinnerk auf dieses Plakat.

Wir schauten uns an und damit war die Sache beschlossen. Wir hatten noch etwas Zeit, nahmen noch ein zweites Bier und ein weiteres Fischbrötchen zu uns.

Es war herrlich, draußen auf einer Bank in der Sonne zu sitzen und die Leute zu beobachten. Während wir schon den ganzen Tag in kurzer Hose und T-Shirt umherliefen, bei fast 24 Grad, sahen wir viele, die hoch vermummt und mit Anorak und Mantel unterwegs waren. Dies rief bei uns ein unverständliches Kopfschütteln hervor.

Was wollen die denn bloß bei Minus-Temperaturen anziehen, stellten wir uns die Frage?

Dann wurde es Zeit, uns zu dem Treffpunkt der Wattwanderung aufzumachen.

Eine illustere Gruppe fand sich hier zusammen. Auf die Frage, wie man am besten hier ins Watt hineingehen sollte, mit oder ohne Schuhe, sagte unser Wattführer, ein drahtiger Bursche in meinem Alter. „Am besten geht man Barfuß." So gingen wir, bis auf drei oder vier Ausnahmen, alle barfuß ins Watt hinein.

Allerdings war auch ein Pärchen dabei, welches wir schon vorher bei der Ankunft im Hafen beobachtet hatten. Sie fielen auf, das sie mit langen Hosen, Pulli, Schal und einer dicken Jacke, bei diesen Temperaturen, unterwegs waren. Wir hätten schon längst einen Kollaps erlitten.

Sie hatten ihre dicken Wanderschuhe jetzt durch Stiefel ersetzt und stakten hinter uns her.

Unser Wattführer, ein munteres Kerlchen, hatte immer einen lustigen Spruch drauf und versuchte, der Gruppe das Leben im Watt, was ja recht vielseitig ist, zu erläutern. Als er mit seinem Spaten in den Boden stach und ihn mit dem Schlick wieder hoch hob, sah man einen Wattwurm.

Dabei entfuhr mir gleich eine Begrüßung mit den Worten: "Hallo Willi, durch hast dich aber sehr gut gehalten".

So jagte dann ein Scherzchen nach dem anderen durch die Runde und es wurde eine sehr kurzweilige Sache.

Drei, vier Leute hatten sich etwas von der Gruppe abgesetzt und waren zu einem kleinen Priel gegangen. Auch unser Pärchen war mit von der Partie. Elegant glitten sie über das Watt und hielten sich gegenseitig fest. Es war ein Bild für die Götter.

Auch unser Wattführer musste, als er die beiden so sah, leicht schmunzeln. Auf die Frage, ob sie nicht lieber barfuß laufen wollen, entgegneten die beiden mit einem klaren "Nein!" Durch solch einen Moder würden sie nie im Leben barfuß laufen. Auf seine Bedenken, dass sie, wenn sie in einen Schlickbereich hinein kämen, mit ihren Stiefeln hängen bleiben würden, kam die schnippische Antwort von den beiden: "In solche Bereiche würde sie nie hinein-laufen!" "Dann eben nicht", antwortete unser Wattführer, "ich wollte sie nur darauf hinweisen."

Während er uns den Wattwurm Willi, wie wir ihn getauft hatten, erklärte, hörte man plötzlich ein wildes Rufen.

Wir drehten uns um und sahen die beiden bis zu den Knien in einem Schlickfeld stehen.

Wir konnten uns ein Lachen nicht verkneifen. Andere mussten sich sogar umdrehen, um nicht lauthals los zu lachen. Wir eilten denen zu Hilfe. Jetzt waren die Stiefeln das größte Problem. Sie hatten sich in dem Schlick festgesetzt.

Zwei kräftige Kerle aus der Gruppe nahmen sich die Frau vor und zogen sie aus ihren Stiefeln heraus und trugen sie auf eine festere Fläche.

Jetzt wollte sie unbedingt ihre Stiefel wiederhaben, denn so wollte sie nicht über das Watt gehen. Bis man mal die Stiefel aus dem Schlick geborgen hatte, dauerte es eine ganze Zeit. In der Zwischenzeit hatte man ihren Partner ebenfalls aus dem Schlick befreit und neben sie gestellt.

Da standen die beiden wie begossene Pudel und wollten nur noch eins, ihre Stiefel und dann sofort wieder zurück ans Festland.

Aber es dauerte eine Weile bis man ihre Stiefel aus dem Schlick befreit hatte und sie ihnen wieder geben konnte.

Jedoch waren sie voll gefüllt mit Schlick. "Was", kam es entrüstet zurück, "damit sollen wir laufen?" "Die sind doch voll mit Schlick." „Mit diesem ekligen Zeug".

"Es wäre schön, wenn jemand die Stiefel mal eben säubern würde, so könnte man ja nicht laufen!"

Nach einigen heftigen Diskussionen erbarmte sich einer und spülte die Stiefel in einem nahegelegenen Priel aus.

Ich glaube, es musste ein Ostfriese gewesen sein, der die Stiefel in dem Priel auswusch, denn er ließ noch etwas Wasser und zwei kleine Krebse in den Stiefeln drin.

Die beiden schnappten sie sich und schrieen plötzlich laut auf, als sich die Krebse bemerkbar machten.

Schnell leerten sie ihre Stiefel unter dem Gelächter der gesamten Truppe, zogen sie wieder an und eilten vondannen.

Während die beiden wieder in Richtung Land liefen, führte uns unser Wattführer durch das Watt und zeigte uns die zahlreichen Bewohner des Wattenmeeres.

Nach über einer Stunde endete eine überaus interessante und lehrreiche Exkursion.

Auf dem Rückweg kam ich mit unserem Wattführer ins Gespräch und erfuhr noch eine ganze Menge über das Wattenmeer.

Zum Beispiel über Wanderungen von mehreren Stunden vom Festland zu den Inseln. Er selber wollte noch gleich wieder mit dem Boot zum Festland fahren, da hier noch eine Familienfeier anstand.

Zurück konnte er aber erst wieder am frühen Morgen, wegen der Tide halt.

Am Ausgangpunkt angekommen wünschten wir uns noch einen schönen Tag.

Wir hatten noch etwas Zeit und beschlossen, noch einmal in dem Bistro am Hafen einzukehren. Zuvor wollten wir aber noch unsere Füße etwas reinigen.

An der Waschstelle angekommen, sahen wir auch unser Pärchen wieder. Was mussten wir da sehen? Die beiden hatten immer noch ihre Stiefel an und versuchten diese mit viel Wasser sauberzuspülen. Wie lange waren die damit schon beschäftigt?

Dann waren die Stiefel soweit sauber, dass sie mit zwei Fingern angepackt werden konnten. Dann zog er sich die Stiefel aus. Ach mein Gott, wie sah der arme Kerl aus. Die Hose, die Strümpfe und die Stiefel voller Schlick.
Und dann gab es ja nur kaltes Wasser. Das war ein Drama! Sie zog ihre Stiefel überhaupt nicht aus.
Wir schauten dem Schauspiel fast eine Viertelstunde zu und kamen aus dem Lachen nicht mehr heraus.

Nur mit viel Mühe konnten wir unser Lachen unterdrücken, während wir unsere Füße kurz unter Wasser hielten und sie reinigten. Dann schlüpften wir wieder in unsere Flip-Flops und freuten uns auf unser Bierchen. Ich glaube, wir haben noch nie so in diesem Bistro gelacht, wie über die beiden.
Gegen acht Uhr fuhr das letzte Fährschiff in Richtung Festland los. Unser Blick ging noch einmal zur Waschstation.

Da hantierten die beiden immer noch herum. Mussten die nicht auch wieder mit dem Schiff zurück, schoss es mir durch den Kopf. Ja sicher – als das Signal zur Abfahrt kam, sahen wir sie um ihr Leben rannten, um noch das Schiff zu bekommen.
Es war ein Bild für die Götter, wie die beiden versuchten, mit ihren Gummistiefeln, die mit Sicherheit noch voller Schlick waren, zu Laufen. Mit letzter Anstrengung erreichten sie das Schiff. Auf einer der hintersten Bänke nahmen die beiden Platz. Ihre Mimik verhieß nichts Gutes.

Sie hatten einen Ausdruck wie ein kleines Kind, das gerade ein etwas größeres "Geschäft" gemacht hatte und sich nicht traute, den Eltern etwas zu sagen.

Wir blieben noch etwas am Hafen, schauten in die untergehende Abendsonne und freuten uns, über einen wirklich tollen Tag.

Am nächsten Morgen mussten auch wir wieder diese traumhaft schöne Insel verlassen.

Der Alltag hatte uns wieder.

Der Neuanfang

Für uns beide begann jetzt ein neuer Lebensabschnitt. Wir waren nicht mehr allein. Wir hatten uns. Wir hatten ein gemütliches Heim und wir hatten das große Glück, auch noch gemeinsam zusammen zu arbeiten.

Was will man da mehr?

Trotzdem mussten wir uns beide an diese neue Situation im Alltag erst einmal gewöhnen. Aber zu unserem großen Erstaunen klappte dies wider Erwarten sehr gut. Es war so, als wären wir schon immer zusammen gewesen. Wir verstanden uns blind. Sodass wir in einer Harmonie lebten, die uns manchmal Angst und Bange werden lassen konnte. So viel Harmonie? Geht das überhaupt gut? Kann das überhaupt gut gehen? Wir sind immer gern zusammen. Wenn der andere einmal nicht da ist, dann kommt ein Gefühl der Beklemmung auf. So geht es aber uns beiden.

Wir brauchen uns einander und sind erst glücklich und zufrieden, wenn der andere ganz nah ist. So pflegen wir einen liebevollen Umgang miteinander.

Danke und bitte sind Worte, die wir ständig gebrauchen.

Wichtig aber ist auch, dass man Zeit für einander hat, dass man zuhören kann, was der andere zu erzählen hat.

Was sagte Hinnerk einmal: Als ich zu meinem Schatz einmal sagte: " Ich bin müde, ich lege mich etwas hin," da kam die Antwort von Hinnerk sofort: „Alleine legst du dich nicht hin, ich komme mit!" Ja, so ist das mit uns.

Wir freuen uns über jede Stunde, die wir gemeinsam verbringen können. Langeweile kennen wir nicht. Wir haben immer etwas zu tun, was man wunderbar gemeinsam machen kann.

Ich glaube, das muss Liebe sein.

So konnten wir auch etwas Abstand nehmen zu unseren "Altlasten", die augenscheinlich kein Interesse mehr daran hatten, mit uns in Kontakt zu treten. Wir ließen sie mal an der langen Leine.

Neben unserer gemeinsamen Arbeit auf der Fähre lieben wir es, in unserem Garten zu arbeiten.

Aus einem wilden Garten wurde so mit der Zeit eine gepflegte Gartenanlage.

Auch unser Haus brauchte die eine oder andere Pflegemaßnahme. So gibt es immer wieder etwas zu tun.

Aber wir fanden auch immer Zeit zur Muße. Wir konnten es auch mal fünf gerade sein lassen und genossen einfach die Sonne und unser Reich. Ein geflügeltes Wort von mir war beziehungsweise ist:

"Ach, was haben wir es schön!"

So können wir heute sagen: "Das Schicksal hat uns zusammen geführt und wir haben noch einmal die Liebe kennen gelernt.

Eine innige und schöne Liebe, die wir nicht mehr missen möchten." So können wir sagen:

"Wir sind angekommen!"

Angekommen in einer Welt der gegenseitigen Wertschätzung, der Liebe und dem Verständnis, dem anderen das Gefühl zu geben, dass er die wichtigste Person in seinem Leben ist. Alles zu teilen, gemeinsam durch das Leben zu gehen, in der Gewissheit geliebt zu werden.

„Ja mein Schatz, ich liebe Dich!"

Geschichten aus dem Umfeld

Dieser Tage war Hinnerk mal wieder unterwegs, mit seinem alten Kahn "Petra vom Siel", den er mal wieder überholen lassen musste.

Aber lassen wir Hinnerk mal erzählen, was er auf dieser Fahrt erlebte.

"Also, in der letzten Woche war ich mit meinem alten Kahn der "Petra vom Siel" unterwegs. Ich wollte ihn in der kleinen Werft bei Hamburg überholen lassen. Aber weiter als Cuxhaven kam ich nicht, da der Motor mal wieder Probleme machte.
Also legte ich im Hafen an und bevor ich begann mir Hilfe zu organisieren, ging ich in ein kleines Cafe am Hafen und bestellte mir einen Kaffee. Es war sehr voll dort. Ich fand kaum Platz, bis ein älterer Seemann mir einen Platz an seinem Tisch frei machte und ihn mir anbot. Wir kamen ins Gespräch. Er hieß Hein. Ich lud ihn zu einem zweiten Kaffee ein, und er begann zu erzählen."

Er sei schon weit in den Fünfzigern und muss immer noch zur See fahren, um seinen Unterhalt zu verdienen.

Hein war ein kleiner schmächtiger Kerl. Aber er hatte eine zähe Gestalt und hatte einen listigen Blick, der ihn mit allen Mitteln ausgestattet hatte. Eines hatte er aber nie verloren, seinen Optimismus.

Aber lassen wir Hein weiter erzählen:

Ja, er fahre jetzt schon seit Jahrzehnten zur See und habe alle sieben Weltmeere gesehen. Manchen Sturm hat er überstanden, aber auch manchen Bruch. Er hat das Schöne der Welt gesehen, aber auch vieles, was man gar nicht erzählen möchte, sondern lieber ganz unten in die Seemannsgarnkiste versenken möchte. Da waren die brutale Kriege zwischen Stämmen am Amazonas, Morde um Geld und harte Strafen für Verfehlungen an Bord, die von den Kapitänen ausgesprochen wurden.

Aber eigentlich hat das Schöne überwogen, und er könnte mit seinem Leben zufrieden sein.

Trotzdem hat er durch sein unstetes Leben einiges verloren, das er gerne heute hätte. So war es seine Frau leid, immer auf ihn zu warten.

Seinen Sohn hat er nur selten gesehen, wenn er zurück kam von seinen Reisen. Ja, Reisen waren das ja nicht im eigentlichen Sinne, sondern ganz harte Arbeit an Bord. So war er oft als Maschinist unterwegs und sah kaum den Himmel, sondern sah nur Öl, hörte den dumpfen Klang seiner Motoren und war froh, wenn sein Schiff in einem Hafen anlegte und geleichtert wurde, bevor es einige Stunden später schon wieder in See stach.
Aber selbst da gab es keinen Landgang für ihn, nein, er musste beim Leichtern helfen. Nach Monaten kamen sie wieder zurück in den Heimathafen.
Aber dort lag schon die nächste Seereise fest. Ein, zwei Tage war er zuhause, gab seine Heuer ab und dann hieß es schon wieder ran ans Verladen.

Die Abende verbrachte er dann mal gerne in irgendwelchen Spelunken, um sich ein bisschen zu unterhalten oder einfach mal zu spielen. So wurden die kurzen Nächte meist sehr lang. Zu Hause saß dann seine Frau mit ihrem Sohn allein.

Sie hatte ja Verständnis für ihren Hein, sie wusste, dass das Leben auf dem Schiff keine Erholung war, sondern knallharte Arbeit und dass er auch sonst nicht viel Freizeit für sich hatte.

Aber wenn er dann doch mal zuhause war, wäre es ja schön, wenn er bei ihr wäre und nicht in irgendwelchen Spelunken. Aber sie wusste auch, dass er dies brauchte, um manches zuvergessen, was er auf seinen Fahrten durch die Weltgeschichte erlebte. Aber so ging dies über Jahrzehnte. Seine Frau freute sich jedes Mal wenn sie ihn wieder sah. Auch er freute sich immer, wenn er seine liebe Frau in die Arme nehmen konnte. Aber da war auch ständig die Sorge, wie kommen wir über die Runden. Das Geld war immer knapp.

Seine Frau nähte noch nebenbei, um ihr schmales Salär aufzubessern. Ich konnte nie lange bleiben, sondern musste schauen, dass er immer wieder schnell ein Schiff fand, das in See stach, um seiner Frau die Heuer zu schicken, damit sie nicht am Hungertuche nagen musste.

Dieser Teufelskreis wurde immer schwerer, zumal ich älter wurde, und viele fremde Matrosen für ein Butterbrot auf den Schiffen arbeiteten.

Auch seine Heuer wurde mit den Jahren niedriger und seine Aufgaben wurden oft geringer.

Seht oft hat er es versucht an Land sich eine Arbeit zu suchen, aber die Sehnsucht zu seiner See, war stets größer.

So hielt er es nicht lange aus, an Land einem Beruf nachzugehen. Mit der Zeit wurde er häufiger unausstehlich und sobald ein Schiff in den Hafen kam, wurde seine Sehnsucht größer und plötzlich hatte er wieder angeheuert, auch wenn seine Heuer gering war.

Aber wenn es wieder hinausging, dann ging auch sein Herz wieder auf und er fühlte die Freiheit, die ihm auf der See wieder die Hand reichte. Zurück blieben traurig seine Frau und sein Sohn. Aber er konnte es nicht anders. So ging es in den letzten Jahren immer wieder. Als er vor zwei Jahren von einer mehrmonatigen Reise zurück kam und seine Frau wieder in Arme nehmen wollte, war sie nicht mehr da.

Er erfuhr von einer Bekannten, dass seine Frau es leid war, immer auf ihn zu warten, wenn er mal wieder auf See war. So hat sie ihre Sachen und ihren Sohn genommen und ist mit unbekanntem Ziel abgereist.

Nun stand er plötzlich allein da. So sehr er auch versuchte, seine Frau konnte er nicht ausfindig machen. Dann verprasste er seine Heuer in den vielen Spelunken am Hafen.

Nach fünf Tagen war er so blank, dass er notgedrungen auf einem so genannten Seelenverkäufer anheuern musste, um zu überleben. Nichts auf diesem Schiff funktionierte.

Erst spät erfuhr er, dass das Schiff einem Untergang geweiht war. Eines Tages war es dann soweit, als das Schiff bei einem kleinen Sturm auf einem Riff aufgesetzt wurde. Nur mit viel Glück konnten die paar Seeleute das Schiff verlassen, während die leitende Crew per Hubschrauber gerettet wurde. Sie konnten sehen, wo sie blieben. Uns kam keiner zur Hilfe. Sie hatten es gerade noch geschafft, ein kleines Boot zu Wasser zu lassen, in dem sie sich retten konnten.

Trotz hohem Seegang gelang es uns in Richtung Land zu rudern. Über drei Stunden kämpften wir mit der See, dann hatten wir es geschafft. Total fertig erreichten wir den Strand. Erst am anderen Morgen waren wir etwas zu Kräften gekommen, um uns zu Fuß auf den Weg zu machen, zu einer Zivilisation zu gelangen.

Nach vielen Stunden einer mühsamen Wanderung fanden wir einen kleinen Ort.

Nach einem Monat des Wartens, gab es die Gelegenheit mit einem Walfänger wieder in See zu stechen und in Südargentinien wieder an Land zu gehen. Dort mussten sie wieder warten, bis es drei Monate später die Gelegenheit gab nach Portugal zu gelangen.
Hier fand ich dann ein Schiff, was nach Cuxhaven fuhr.

„Und jetzt bin ich wieder zurück und keiner wartet mehr auf mich. Die Heuer wird knapp und jetzt wird es bald Zeit in See zu stechen.

„Morgen gehe ich zum Hafen hin und schaue auf welchem Schiff ich noch anheuern kann. Mal sehen, wo es mich wieder hintreibt."

Am nächsten Tag traf ich Hein wieder am Hafen. Wir tranken noch einen Kaffee gemeinsam im Cafe und er erzählte mir, dass er mit der "Helvetia" in der nächsten Woche auslaufen wird und es in Richtung Südafrika geht.

Als wir uns verabschieden wollten, sah Hein aus dem Fenster des Cafes und erstarrte vor Schreck.

Er schaute ein zweites Mal hin, und lief ohne auf irgend jemand zu achten, über Tisch und Stuhl nach draußen und rief einen Namen. Die Person drehte sich um und beide standen wie angewurzelt, dann liefen sie auf einander zu, fielen sich in die Arme und standen so minutenlang auf der Straße, alles um sich herum vergessend. Sie waren nur noch für sich da.
Dann nahm Hein seine Frau in den Arm und kam auf mich zu. Er stellte mir seine Frau vor und schien irgendwie überglücklich.

Ich fragte ihn: „willst du noch mal in See stechen?" „Oder doch lieber an Land bleiben?"

„Ich hätte da eine Idee."

Wir setzten uns zusammen und besprachen meinen Plan.

Hein bekam glänzende Augen. Aber auch seine Frau schien sich mit meiner Idee abzufinden. Jetzt würde er ja jeden Abend wieder zuhause sein. Ob sie sich damit abfinden könnte?
Sie nickte und ein Lächeln huschte über ihr Gesicht.

An den nächsten Tagen nahm sich Hein meinen alten Kahn "Petra vom Siel" vor.

Als ich nach einer Woche nach meinem Kahn schauen wollte, traute ich meinen Augen nicht mehr! Man, wie sah der aus? Ich hätte ihn nicht mehr wiedererkannt. So toll sah er aus. Als ich seine Frau sah, musste ich lachen. Sie war mit Farbe übersät, aber glücklich, dass ihr Hein nicht mehr auf großer Fahrt fahren wollte.

Sie kam auf mich zu und drückte mir einen langen Kuss auf. Nun gehen beide auf kleine Fahrt im Wattenmeer, um Feriengäste das Leben im Meer und auf dem Meer nahezubringen.

Vor allem Hein kann hier sein Seemannsgarn spinnen. Aber für beide war es wichtig, dass sie endlich zusammen waren und nun gemeinsam die Sonnenuntergänge genießen konnten.

So endete eine kleine Episode, die in einem Café begann, mit einem Happy End!

Aber auch Petra hatte eine Geschichte erlebt, die sie sehr nachdenklich stimmte.

Wenn man auf dem Lande lebt, dann ist man meistens hautnah an manch einem Drama direkt beteiligt.

So war es auch bei der Begebenheit, die Petra erzählt worden war:

Vor einigen Tagen hörte ich von einer Geschichte, die sich auf einem kleinen Flecken in Friesland abgespielt haben soll.
Ob sie so war, wie es erzählt wird, weiß ich nicht.

Aber es war ein Geschehen das sich eigentlich überall ereignen könnte, da die menschlichen Schwächen überall auf der Welt gleich sind.

Also, hier geht es um Heiner, ein stattlicher Kerl in den Vierzigern, verheiratet, Bauer, nicht gerade ein helles Licht, aber mit einer gewissen Bauernschläue ausgestattet.
In Hinsicht der holden Weiblichkeit mit einem starken Hang zum Frauenheld ausgestattet.

Immer getreu nach dem Motto: Hier kommt der Beste! So lief er jedem Rock im Ort hinterher. Im Urlaub war es nicht anders. Seine Frau Trine musste sich dem Treiben ihres Mannes beugen. Sie hatte zu arbeiten und er als Herr über Hof und Wiesen bestimmte wo es langging. So blieb sie demütig zu hause, während der Gatte sich des Lebens erfreute.

Wenn sie mal versuchte leise aufzumucken, dann setztees gleich Schläge.

Er meinte: Die Frau soll dir untertan sein und damit sie es auch verinnerlichte, setzte es Schläge.

Aber eines Tages geriet Heiner an eine, die noch besser war als er und so bekam er eine Lektion erteilt, die sich gewaschen hatte.
Heiner war in den letzten Wochen jeden Abend mit seinen Freunden unterwegs. Erst wenn morgens der Hahn krähte, kamen sie meistens nach Hause. Dann verlangten sie ein Frühstück, gaben ihren Frauen die Anweisungen und legten sich dann den ganzen Tag hin, um ihren Rausch auszuschlafen.

Man hatte hier in dem friesischen Flecken das Gefühl, als wäre die Zeit im Mittelalter stehengeblieben. Die Frauen waren hier recht geduldig, aber in dieser Zeit überspannten die Männer den Bogen.

War der Frühling vielleicht daran schuld?

Die anderen Männer wurden von ihren Frauen vor die Wahl gestellt: Entweder ihr bleibt zu hause und arbeitet oder ihr könnt euch gleich eine neue „Arbeitsmaschine" suchen.
Der ein oder andere bekam dies auch körperlich zu spüren, wenn die Frau des Hauses in der Küche aufräumte und so manches Schlaggerät zum Einsatz kam.
Innerhalb weniger Tage sah man wieder alle Männer auf den Feldern ihren Arbeiten nachgehen. Einige hatten aufgrund ihrer Blessuren zwar noch einige Schwierigkeiten in dem gewohnten Tempo zu arbeiten, aber dann standen ihre Frauen auf der Matte und schon legten die Herren der Schöpfung drei Gänge zu. Und so wurden aus den "harten Jungs" kleine willige Lämmchen.

Nur Heiner sollte das schwarze Schaf bleiben.
So sehr sich seine Frau auch bemühte, Heiner machte die Nächte durch und spielte den starken Macker. Irgendwann konnte seine Frau nicht mehr und brach zusammen.

Auf ärztlichen Rat schickte man sie für sechs Wochen zur Kur.

Heiner war außer sich vor Wut.

Sollte er, der große Hofbesitzer, jetzt die Arbeit selbst machen?
Nein, das war doch unter seiner Würde. Jetzt war guter Rat teuer. Da kam Meta ins Spiel. Sie war einer der Frauen, die ihren Mann wieder auf die rechte Spur brachte. Zwar nicht mit ganz legalen Methoden, aber es klappte. So hatte ihr Liebster jetzt die Wahl zwischen Zuckerbrot und Peitsche.

Meta wollte Heiners Frau Trine helfen und kam auf einen verrückten Vorschlag. Eine Freundin von ihr hatte gerade Zeit und weilte hier im Norden. Sie war Ausbilderin bei der Bundeswehr und war gefürchtet. Eine Kornikowa hätte Reißaus genommen. Ihre Freundin "Karli" könnte ja mal bei Heiner aushelfen, solange bis Trine wieder aus der Kur zurück kommt, damit der Herr Großgrundbesitzer nicht arbeiten bräuchte.

Da Heiner sich weiterhin dem Alkohol und den Weibern hingab, ging Meta eines Abend zu ihm in die Kneipe und nach ein paar Runden Genever hatte sie die Zustimmung von Hein, dass ihre Freundin "Karli" während der Abwesenheit von Trine den Hof bewirtschaften sollte, damit er auch etwas zu Essen auf dem Teller fand, wenn er von seinen "Touren" zurück kam.

Eines Morgens kam "Karli" auf dem Hof vonn Hein an.

Zuerst schaute sie sich in Ruhe alles an. Mensch, was war der Hof heruntergekommen. Und dann die armen Tiere erst. Heiner war erst vor einer Stunde von seinen nächtlichen Eskapaden zurückgekommen. Er fiel vor Müdigkeit direkt vor der Haustüre in sich zusammen und schlief dort seinen Rausch aus.
"Karli" krempelte sich die Ärmel hoch und machte sich an die Arbeit. Zuerst wurden die armen Tiere versorgt.

Dann ging es im Haus weiter.

Nach fünf Stunden hatte "Karli" hier klar Schiff gemacht. Währenddessen schlief Heiner in aller Gemütsruhe seinen Rausch aus.

Wir wissen nicht wovon er geträumt hat, von der blonden Chantal bestimmt nicht. Sein Schlaf wurde etwas unruhiger. Ahnte er schon, was noch auf ihn zukommen sollte?

Nach einer sehr kräftigen Mahlzeit stand "Karli" im Türrahmen und schaute sich das Häufchen Unglück an, was da vor der Tür seinen Rausch ausschlief.

Langsam, und in aller Ruhe, krempelte sich "Karli" die Ärmel auf.

Dann muss die Stelle gekommen sein, wo Heiner träumte, er ginge auf eine Reise. Er schwebte wie ein Vogel durch die Luft und setzte sehr bald zur einer Landung an. Dies kam schon sehr nahe an die Wirklichkeit heran. Nur das "Karli" ihn über ihre Schulter warf und mit wuchtigen Schritten zur Jauchegrube marschierte.

Dann flog Heiner in einem hohen Bogen in die Grube hinein. Mit einer Mistforke hielt "Karli" ihn über der Brühe.

Die Wirkung traf augenblicklich ein. Mit einem Schlag war Heiner fast wieder nüchtern. Aber ehe er sich versah, wurde er wieder in die Tiefe gedrückt. Mensch, was ist da los? Er kam kaum zu Wort, denn wenn er etwas sagen wollte, dann wurde er wieder in die Brühe gedrückt.

So ging dies über eine Stunde, dann war Heiner total fertig. "Karli" packte sich den Heiner am Kragen und zog ihn heraus. Heiner schaute völlig verdattert aus der Wäsche, als ihn "Karli " aus der Jauche zog. Aber mit dieser ersten Behandlung hatte sie eins erreicht, dass Heiner halbwegs nüchtern wurde.

Die zweite Handlung folgte gleich auf den Fuß. Ohne viel Tam Tam wurde Heiner von ihr entkleidet und dann fiel das große C-Rohr über ihn her. Das eiskalte Wasser tat seine endgültige Wirkung. Heiner wurde schlagartig wach und absolut nüchtern.

Nach dieser Wasserbehandlung stand Heiner wie ein Häufchen Unglück da. Als er kleinlaut einen Protest einlegen wollte, bekam er den Befehl:

"Schnauze halten - Anziehen und in fünf Minuten hier wieder antreten:"

Die Stimme war so hart, dass Heiner es vorzog dem Befehl zu folgen. Keine vier Minuten später stand er angezogen wieder unten auf dem Hof.

Was dann folgte war eine Standpauke, die sich gewaschen hatte. Er wurde immer kleiner. Er bekam einen Tagesplan, den er zu erfüllen hatte.

Sollte er vielleicht meinen sich auf und davon zu machen, müsste er wissen das ihr Arm länger ist!

So musste Heiner ran. Kuhstall ausmisten, Tiere versorgen, Feldarbeit, Gartenarbeit, Reparaturen durchführen und das alles unter den gestrengen Augen von "Karli ".

Man, was verfluchte er seinen "Schatten von Monstrum". Aber er bekam kaum eine Gelegenheit zu einer Pause.

Die Mahlzeiten waren knapp, aber herzhaft. Alkohol gab es nicht - nur Wasser.

Pfui - hatte er so eine Behandlung verdient. Nein - nicht er!

Spät abends hatte er eine Gelegenheit genutzt, sich aus dem Haus geschlichen und sein Weg führte direkt in die kleine Kneipe im Ort. Hier marschierte er wieder wie der große Zampano auf. Er warf eine Runde nach der anderen, aber keiner wollte so recht mittrinken.

Einer meinte, er sollte sich nicht so aufspielen, denn jeder hier im Raume wisse, dass er zurzeit nichts zu sagen hätte.

"Was seid ihr denn für Memmen", rief Heiner verärgert zurück. "Ich war und bin immer noch der Herr in meinem Hause", brüllte Hein die Anwesenden an.

Was Heiner nicht bemerkte, während er so herum schrie wie ein kleiner wilder Stier, war, dass im Türrahmen die Erscheinung, oder, sollte man besser sagen, die Heimsuchung, stand.

Während Heiner die anderen Gäste weiter beleidigte, zogen die es vor, sich in die hinterste Ecke zu verziehen.

Als sich Heiner gerade umdrehen wollte, um nach dem Grund zu sehen, pfiffen ihm eine ganze Serie knallharter Ohrfeigen um die Ohren. Und die trafen! Heiner wurde gepackt und flog im hohen Bogen durch die Tür aus der Kneipe. Völlig benommen lag er auf dem Boden und harrte der Dinge die da noch folgen sollten.

Kaum hatte er sich etwas aufgerappelt, als ihm eine gestreckte Gerade das Nasenbein polierte. Heiner sackte endgültig zu Boden. Er wurde auf eine Schubkarre verfrachtet und dann ging es heim.

Die nächsten Wochen wurden für Heiner eine Qual. Militärischer Drill, absolute Gehorsamkeit prägten das Bild. Er hatte die Wahl zwischen Disziplin und Strafe. Die Strafen waren sehr hart. Man erzählte sich im Ort einiges. Aber ob das alles so stimmte? Ich halte mich da lieber zurück. Jedoch wurde der Heiner nicht mehr im Ort gesehen. Man erzählte sich, dass der Drill dem der Heiner jetzt unterlag, so hart sei, als wäre er Rekrut einer Spezialeinheit. Einer erzählte, er habe Heiner beim Ausmisten des Stalles gesehen.

Das sah eher nach einem knallharten Olympiatraining aus.
Man sah den Heiner immer wieder mit einer vollen Gabel aus dem Stall kommen und dann verschwand er schnellstens wieder im Kuhstall. Heiner erlebte hier sein persönliches Waterloo. "Karli" machte den Heiner so fertig, dass er auch ohne Essen ins Bett ging. So fertig war.
Und er hatte noch drei Wochen vor sich. Die wurden noch einmal so hart.

Denn er lernte nicht nur die körperliche Arbeit auf dem Hof kennen, nein auch im Hause musste er alle Arbeiten verrichtet.

So sah man Heiner, den ganz großen Zampano, mit Schürze die Wäsche auf die Leine zu hängen. Dabei musste Heiner aufpassen, dass er den Anweisungen von "Karli" genau Folge leistet, sonst gab es Sondereinheiten in Sachen Gehorsam.
Und die konnten locker über Stunden gehen. Nach drei Wochen war Heiner so weit hingebogen, dass er sich in allem auskannte und willig wie ein Lämmchen war.
An einem Freitag kam Trine wieder erholt aus der Kur zurück. Heiner hatte den Wagen angespannt, Blumen besorgt und er holte nun seine Frau vom Bahnhof ab.

Alle im Dorf schauten sich verwundert an. Sollte das wirklich der Heiner, der Großbauer sein?

Zärtlich nahm er seine Frau in die Arme, hielt ihr die Türe auf und half ihr auf den Pferdewagen. Gemeinsam fuhren sie durch den Ort zu ihrem Gut.

"Karli" stand im Türrahmen und schaute sich genüsslich das Schauspiel an, als sie in den Hof einfuhren. Still lächelte sie vor sich hin und sagte zu sich im Stillen.

"Auch den habe ich wieder auf dem Pfad der Tugend gebracht" "War zwar ein schweres Stück Arbeit, aber ich glaube es hat sich gelohnt!"

Bevor sie den Hof verließ, gab sie Trine noch ein paar gute Ratschläge.

Seit langer Zeit hat sich Heiner nichts zu schulden kommen lassen. Man kann heute sagen, dass er ein Mustergatte geworden ist. Vielleicht hat er noch die Drohung von "Karli" im Ohr: "wenn es nicht klappt, dann komme ich wieder und dann kann dir nur noch der liebe Gott helfen!"

So brachte "Karli" den Heiner wieder auf dem „Pfad der Tugend" zurück.

Auch die anderen Männer nahmen sich daran ein Beispiel und achteten wieder ihre Frauen.

Denn irgendwie schwebte "Karli" als streitbarer Erzengel über diesen Ort. Und der konnte jederzeit wieder erscheinen! Widerstand wäre dann zwecklos gewesen.

Das war die Geschichte von Heiner und seiner „Erziehung".

Widerstand

Wir beide freuten uns des Lebens, genossen die gemeinsame Arbeit und die gemeinsamen Abende in unserem Gartenparadies.
Von unseren Kindern hörten wir nichts mehr. Grußkarten blieben ohne Reaktion.

Wollten sie keinen Kontakt mehr mit uns?

Waren wir Fremdlinge?

Waren wir unerwünscht?

Gönnte man uns nicht unser Glück?

Viele Fragen - aber keine Antworten.

Irgendwie wurden alle Versuche, Kontakt aufzunehmen, immer wieder blockiert. Antworten blieben aus. Für mich war es schon sehr traurig, wenn sich keines meiner Kinder mehr für mich interessierte.

Ich musste es leider akzeptieren.

Zu Weihnachten unternahmen wir beide noch einmal einen letzten Versuch. Wir schickten den Kindern ein kleines Überraschungspaket.

Wir wunderten uns nur, dass wir keine Nachricht von denen erhielten. Zwei Wochen nach Weihnachten bekamen wir unsere Antwort.

Unser Paket kam mit dem Vermerk zurück:

"Annahme verweigert"

Fassungslos standen wir vor dem Paket.

Was sollte das?

Waren wir nicht mehr gut genug für sie?

Oder nahmen sie es uns übel, dass wir glücklich waren?

Auf unsere Fragen bekamen wir keine Antworten. Was sollten wir tun? Sollten wir das so hinnehmen? Sollten wir in irgendeiner Form reagieren?

Sollten wir uns darüber noch aufregen oder gar ärgern?

Nein, wir packten das Paket wieder aus. Die Geschenke für die Kinder verteilen wir an andere, die sich sehr darüber freuten. Für uns stand nun der Entschluss fest. Wer keinen Kontakt mehr zu uns haben möchte, dem kann nicht geholfen werden. Wir lassen sie jetzt ganz einfach links liegen, auch wenn es uns schwer fällt. Aber es ist ja ihre eigene Entscheidung gewesen.

Jedem das Seine!

Trotz dieser Missstimmung feierten wir ein besonders schönes Weihnachtsfest. Denn eines stand für uns fest:

Wir beide gehören zusammen und wer es versuchen möchte uns zu trennen, der beißt auf Granit.

Zwischen Weihnachten und Neujahr verbrachten wir sehr schöne Tage auf Langeoog.

Mal wieder etwas ausspannen, vom anstrengenden Alltag.

Die Urlauber

Viel Hektik kommt auf uns zu, wenn die Ferienzeit beginnt.
So erlebt man immer wieder neue Geschichten über die Ansprüche von Urlaubern.

So hatten wir Ostern eine besondere Begegnung der Dritten Art.

Die Ferien hatten gerade begonnen und Hinnerk hatte sich ein Ersatzteil in Westerstede besorgt. Auf der Fahrt nach Neßmersiel hatte er den ersten Kontakt mit einem so genannten Herrenfahrer in Esens.

„Wie war das Hinnerk," erzähl mal:

"Also ich stand an einer Kreuzung, hatte rot und noch ein weiteres Fahrzeug stand vor mir, als einer mit hoher Geschwindigkeit an uns vorbei, über die Kreuzung donnerte. Zum Glück gab es keinen Gegenverkehr, dass hätte böse enden können. Wir bekamen dann grün.

Eine kurze Zeit später hatten wir zu dem Herrenfahrer aufgeschlossen.

Plötzlich wurde er immer langsamer und fuhr recht unkontrolliert auf der Landstraße umher.
An ein Überholen auf dieser schmalen Landstraße war unmöglich. Da ich noch Zeit hatte, blieb ich lieber hinter diesem Wagen und seinem verrückten Fahrer. Mein Gott, was stellten die alles im Wagen an. Da wurde eine Landkarte von vorne nach hinten gereicht. Dann wieder nach vorne. Dabei wechselte das Tempo von schnell nach langsam. So ging das Spiel bis zum Schiffsanleger. Nachdem der Fahrer dieses Wagens durch seine „sehr kontrollierte" Fahrweise den halben Parkplatz durcheinander gebracht hatte, fand er endlich einen für sich passenden Parkplatz - direkt auf dem Ladeplatz der Schifffahrtlinie.

Ich hatte in der Zwischenzeit meinen Wagen geparkt und mich auf eine Bank gesetzt, um diesem Schauspiel zuzuschauen.

Bis der Herrenfahrer aus seinem Wagen ausgestiegen war, vergingen über fünf Minuten.

Als ihn der Angestellte der Schiffslinie darauf aufmerksam machte, dass er hier nicht parken kann, kam es zu einem regelrechten Wutausbruch von unserem Herrenfahrer.
"Was würde er sich einbilden, wüsste er nicht wer er sei? Wo wäre das Personal, um den Wagen endlich leer zu räumen? Was ist das für eine Schlamperei. Er würde sich an die höchste Stelle wenden. Unglaublich!"

Nachdem weitere Mitarbeiter auf ihn aufmerksam wurden, entstand eine regelrechte Diskussionsrunde. Das Ende der Diskussion kam recht schnell, da unser Herrenfahrer darauf bestand, seinem Stand entsprechend, dass der Wagen entladen werde und in die vorbestellte Garage gebracht würde. Wenn das geschehen sei, möchte man ihm Bescheid geben, da er jetzt die Gelegenheit zu einem kleinen Imbiss nutzen wollte, bevor er an Bord kommt.

Also „hopp, hopp" - dies waren seine letzten Worte und dann zogen die Herrschaften ab. Er mit einem hochroten Kopf, dann folgte seine Dulcinea und zum Schluss die beiden Kinder.

Verblüfft standen die Mitarbeiter um den Wagen. Was sollten sie nun machen?
In einer halben Stunde sollte das Schiff ablegen. Dann holte einer einen Container und fing an das Gepäck zu verladen. Alle packten daraufhin mit an und in Nullkommanix war der Wagen leer, wenn es nicht einen kleinen Zwischenfall gegeben hätte. Da hatten die ein Schlauchboot mit, das sich selbstständig aufpumpen konnte. Irgendeiner hatte versehentlich einen Knopf berührt, und nun pumpte sich das Schlauchboot auf.

Dabei war es noch nicht aus dem Wagen heraus gehoben worden. Und das Ding pumpte und pumpte.

Es war ein Bild für die Götter, wie das Schlauchboot den Innenraum komplett ausfüllte und sich langsam einen Weg nach draußen suchte.

Die Frage war nur:

Wie lange würde die Vorderscheibe und die Seitenscheiben dem Druck standhalten?"

Gebannt schauten sie dem Schauspiel zu. Dann kam der Jüngste aus der Gruppe, holte ein Messer hervor und stach in das Boot hinein. Sofort entspannte sich die Lage.

Schnell wurde das Boot aus dem Wagen geholt, einigermaßen wieder zusammengerollt und ebenfalls in den Container geworfen. Der Wagen wurde weggefahren und schon kam auch das Zeichen vom Kapitän zur Abfahrt.

Der Jüngste wurde geschickt, um die Herrschaften zu holen.

Sie hatten ja in der Zwischenzeit einen Imbiss eingenommen, der scheinbar auch nicht den Wünschen der Gesellschaft entsprach. Der Jüngste bekam nur noch das Streitgespräch zwischen dem Gast und dem Inhaber mit. Zweimal versuchte er, seine Stimme zu erheben, um zu sagen, dass es Zeit wäre an Bord zu kommen. Aber jedes Mal wurde er regelrecht niedergemacht, nach dem Motto, wie käme er dazu, sich in das Gespräch einzumischen.

"Eine Unverschämtheit sei das, " brüllte ihn an. Dann fetzte er sich mit dem Inhaber weiter. Der Kapitän gab noch einmal das Signal zur Abfahrt.

Er kam unverrichteter Dinge wieder zurück.

Jetzt ging der Hafenmeister, ein Kerl wie ein Baum, in den Imbissstube hinein und brüllte mit lauter Stimme zu den Herrschaften: "Wenn sie jetzt nicht sofort auf das Schiff kommen, können sie zu Fuß auf die Insel laufen."

Das schien zu wirken. Widerwillig warf er dem Inhaber einen Hunderter hin, drehte sich um und marschierte hinaus in Richtung Schiff. Seine Kinder und seine Frau, sie mit hochhackigen Schuhen, folgten ihm. Vor der Gangway, die etwas steil stand, hielt er inne und verlangte den Kapitän.

Kaum war dieser vor Ort, wurde er schon mit den Worten angegriffen. "Es ist doch eine Zumutung, uns eine solch steile Treppe zum Betreten des Schiffes anzubieten. „Nein, diese würde er auf keinen Fall betreten. Er solle sich eine andere Lösung einfallen lassen. Und es wäre schön, wenn dies etwas zügig vonstatten gehen würde. Bevor der Kapitän ihm etwas antworten konnte, brüllte er schon wieder, "was dies für ein Sauhaufen wäre, er werde sich an allerhöchsten Stelle beschweren und dann könnten er, der Kapitän, und seine Mannschaft die Straße kehren."

Hinnerk trat an den Kapitän heran und flüsterte ihm etwas in das Ohr.

Plötzlich kam Bewegung in das Spiel, während unser Herrenfahrer sich weiter wütend über den miesen Service ausließ, wurde der Kran ausgefahren und man hängte ein offenes Gestell ein.

Darauf stellte man vier Stühle. Dann bat der zweite Offizier die Herrschaften auf der Plattform mit den Stühlen Platz zu nehmen. Kaum saßen sie auf ihren Stühlen, wurden sie ganz langsam emporgehoben und auf das Schiff gehievt.

Anschließend ging ich dann auch an Bord.

Endlich konnte der Kapitän ablegen. Aber wer glaubt, dass dies das Ende der Vorstellung war, der sah sich getäuscht.

Auf dem Deck ging die Vorstellung weiter. Da verlangte dieser Großkotz, dass man für ihn ein Abteil freimachen sollte, denn schließlich habe eine Überfahrt gebucht und ihm gebührt, seiner Stellung wegen, ein Abteil für sich und seine Familie.

Keiner hatte mehr Lust auf irgendwelche Diskussionen mit ihm. Alle machten freiwillig Platz und so konnte unser Großkotz sich endlich niederlassen.

Kaum hatte er sich hingesetzt, verlangte er den Bordservice, um ihn Getränke zu bringen. Als es jemand versuchte, ihm klar zu machen, dass er sich an der Ausgabe anzustellen habe, wie jeder andere auch, da brach ein Orkan aus.

Laut brüllend verlangte er nach dem Kapitän. Über das Bordmikrofon erhielt er den Hinweis, dass der Kapitän das Schiff steuern müsse und nicht von der Brücke kann. Sollte er mit den Gegebenheiten an Bord nicht zufrieden sein, so stünde es ihm jederzeit frei, das Schiff sofort zu verlassen.
Wutschnaubend schickte er seine „Dulcinea" zur Ausgabe. Alle machten freiwillig Platz, damit es endlich Ruhe auf dem Schiff gab.

Mein Gott, was war seine „Dulcinea"
dumm. Über eine halbe Stunde
dauerte die Aufgabe der Bestellung.
Solange mussten die anderen warten.
Alle Fahrgäste schüttelten nur noch
mit dem Kopf über solche Mitbürger.
Immer wieder musste sie nachfragen,
weil sie keine zwei Dinge behalten
konnte.
Jedes Mal war schon allein der Gang
zum Tisch zum schießen. So war es
wenigstens etwas kurzweilig für die
Wartenden.

Als die versorgt waren, konnten die
anderen schnell bedient werden.
Die weitere Überfahrt blieb zum Glück
ruhig. Dann folgte die Einfahrt in den
Hafen von Baltrum.

Durch die ganzen Vorkommnisse bei
der Abfahrt und auf dem Schiff konnte
ich die Überfahrt nicht so richtig
genießen. Ich dachte gerade daran,
wie das Schauspiel weiter gehen
würde. Kaum hatte ich diesen
Gedanken zur Seite gelegt, da hörte
ich auch schon den ersten Tumult.

Er kam aus dem Abteil von unserem Herrenfahrer.

Da forderte dieser Großkotz, als erster vom Schiff zu gehen . Mein Gott, was glaubt der eigentlich, wer er ist? Ich warf einen Blick auf die Hafenmole und dort war es still. Keine Abordnung, kein Musikkapelle - rein gar nichts. Also was wollte er? Nun ja, er machte soviel Stunk, dass alle beschlossen, ihm den Vortritt zu lassen. Wieder wurde die Plattform als erste gehievt, mit den Herrschaften drauf. Diesmal schwenkte der dritte Offizier den Kran über die Bordkante weit hinaus.

Wollte er sie im Hafenbecken versenken?

Manch einer an Bord konnte sich mit diesem Gedanken anfreunden.
Aber er war froh, als sie endlich das Schiff verlassen hatten.
Der Container von den Herrschaften kam sofort hinterher.

Danach entschuldigte sich der Kapitän für die Unbilden auf dem Schiff und wünschte allen anderen Fahrgästen einen schönen Aufenthalt auf Baltrum.

Die Fahrgäste dankten dem Kapitän und der Crew mit Beifall und verließen gelassen das Schiff.

Unser Herrenfahrer stand unterdessen an seinem Container und wartete auf seine Helfer.

Das Hafengelände leerte sich schnell. Ich hatte jetzt eine kleine Pause und beobachtete aus dem nahen Bistro die Szenerie weiter.

Während ich mich an meinem Sanddorn- Getränk labte, stand unser Herrenfahrer doch relativ einsam vor seinem Container am Hafen. Wie ein HB-Männchen tobte er vor sich hin - aber keiner kam. Zahlreiche Telefonate folgten in einer hektischen Reihenfolge. Aber es tat sich nichts.

Wie ich dann von einem Mitreisenden erfuhr, hatte der Kapitän veranlasst, ihn einfach mal zu vergessen.

Für mich stand die nächste Überfahrt an. Als ich am Abend wieder im Hafen von Baltrum einlief traute ich meinen Augen nicht.

Da standen der Container und die Sippschaft immer noch, und sie wartete auf "ihre Dienerschaft", um sie in Empfang zu nehmen.

Ich ging in aller Ruhe zum Essen. Schon an diesem Abend waren sie das Inselgespräch und wir hatten nur einen Gedanken:

Hoffentlich bleiben die Insulaner standhaft.

Gegen zwanzig Uhr machte unser Inselhüter seine Runde. So kam er auch zum Hafen. Dort sah er den immer noch vor sich herumtobenden Herrenfahrer.
Ganz langsam ging er auf ihn zu, stellte in aller Ruhe sein Rad ab und ging ganz langsam auf ihn zu. Er schaute ihn von oben bis unten an. Mit einer ganz ruhigen Stimme veranlagte er den Ausweis.

Als unser Herrenfahrer dies registrierte verlor er total seine Beherrschung. Er machte den Polizisten regelrecht nieder.

„Was das für Methoden seien?" Er wäre der ..... und der und bräuchte nichts zu zeigen.

Als er dem Polizisten auch noch an die Wäsche gehen wollte, gab es ein ganz kurzes Handgemenge, dann saß er in Handschellen auf dem Boden.
In der Zwischenzeit kam per Boot Verstärkung von Land. Ohne viel Federlesen wurden alle auf das Boot verfrachtet und für die Nacht ging es hinter Schwedische Gardinen.
Am nächsten Morgen standen seine Dulcinea und die Kinder wieder am Hafen auf Baltrum. Aber so recht wusste keiner von denen, was sie machen sollten. Als der Polizist sie am Morgen wieder im Hafen sah, sprach er sie an. "Haben sie eine Unterkunft?" Wissen sie wo sie hier auf der Insel wohnen? Außer einem Schulterzucken bekam er keine Antwort.

Seine Nachforschungen blieben ohne Erfolg. Wahrscheinlich hatte keiner von denen hier etwas gebucht.

Da der Herr Herrenfahrer noch in U-Haft saß, schickte man sie mit dem nächsten Schiff wieder zurück. Sollen die Kollegen sehen, wie sie die wieder loswerden.

So blieb der Insel viel Ärger erspart. Aber leider gibt es immer wieder solche Zeitgenossen.

Ansonsten gibt es auch sehr viele nette Urlauber, die ihren Urlaub auf Baltrum verbringen und genießen.

Ach übrigens, drei Wochen später erfuhren wir, dass unser Herrenfahrer ein Verfahren bekam, wo seine diversen Verfehlungen geahndet wurden.

Auch auf dem Festland sollen dann noch ein paar Anzeigen hinzugekommen sein.

Das große, gemeinsame Glück

Glück bekommt man geschenkt. Was man daraus macht, liegt meist an einem selbst. Wichtig ist, dass beide das gemeinsame Glück sehen, es pflegen und hegen wie eine Pflanze.

Wir sind beide froh, dass uns das Schicksal damals zusammengeführt hat und wir uns gleich sicher waren, wir passen sehr gut zusammen. Vielleicht sollte alles so kommen und dass wir nun endlich bereit waren, noch einmal eine innige Beziehung einzugehen, obwohl unsere Erfahrungen uns etwas ganz anderes suggerierten wollten. Wir haben der Liebe eine Chance gegeben und sind heute froh darüber, dass wir uns keine Fragen gestellt haben, wie zum Beispiel:

Kann das überhaupt gut gehen?

Nach einer so kurzen Zeit?

Ist er überhaupt der richtige Partner für mich?

Soll ich für die Liebe umziehen?

Alles zurück lassen?

Was ist, wenn es nicht klappt?

Was ist, wenn der Alltag kommt?

Kann ich überhaupt schon wieder lieben?

Soll ich lieber auf meine Freunde bzw. Freundinnen hören?"

Viele Fragen, die wir uns aber überhaupt nicht gestellt haben.
Das Glück war da, wir haben zugegriffen und es festgehalten. Ich, beziehungsweise wir beide glauben, dass wir damit die richtige Entscheidung getroffen haben. Wir haben unser Gefühl entscheiden lassen und liegen damit völlig richtig.
Man kann mit Fragen alles auf den Prüfstand stellen und alles zerreden. Das machen leider sehr viele. Sie stellen alles in Frage und zum Schluss zieht das Glück alleine weiter.

Erst wenn das Glück nicht mehr da ist, geht manch einem ein Licht auf, aber dann ist es meist zu spät und man trauert seinem Glück hinterher.

So freuen wir uns über jeden Tag, den wir gemeinsam verbringen können und freuten uns über die kleinen Dinge des Lebens. Das größte Freude aber ist, dass wir uns gefunden haben und dies ist mehr, als alles Gold auf dieser Welt.

Schlusswort

Liebe kann:

Trösten...

Heilen...

Glücklich machen...

Berge versetzen...

Glauben geben...

Mut machen...

Und, und ....

(hier kann jeder weitere Eigenschaften der Liebe finden und für sich eintragen!)

Man muss die Liebe nur pflegen!

Der Autor, seine Mitautorin und seine
Bücher:

Seit nun mehr als 63 Jahre höre ich
auf den Namen Fritz Stefan Valtner
und bin im Jahre 2012 mit meiner
Frau Manuela, die ich im Jahre 2011
ehelichte aus dem Rheinland ins
schöne Friesland gezogen.
Beruflich war ich fast dreißig Jahre im
Vertrieb tätig und sehr viel unterwegs,
oft auch in Norddeutschland.

Meine Frau Manuela war zwanzig Jahre als Hebamme aktiv, seit über zehn Jahren arbeitet sie als Ergotherapeutin mit psychisch kranken Menschen zusammen.

Zu ihren Hobbys zählen das Malen, das Gestalten mit den unterschiedlichsten Materialien und das Töpfern mit Ton, was auch zu meinem Hobby geworden ist, ebenso das Malen. So haben wir an den beiden letzten Büchern gemeinsam gearbeitet.

Trotz beruflicher Anspannung habe in jungen Jahren eine Familie gegründet, habe zwei Kinder und mittlerweile drei Enkelkinder.

Zum Schreiben bin ich eher durch ein tragisches Ereignis gekommen. Durch dieses Ereignis im Jahre 2004, ein unverschuldeten Unfall, den meine erste Frau Maria, auf dem Weg zu ihrer Arbeit erlitt, wurde mein Leben völlig auf den Kopf gestellt. Über drei Jahre lang, durchlebte ich eine Zeit zwischen Hoffen und Bangen.

Leider wurde diese unruhige Zeit durch den viel zu frühen Tod meiner Frau Maria im Jahre 2007 beendet.

In der Zeit nach ihrem Tod habe ich mit dem Schreiben begonnen und niedergeschrieben, was mich bewegte.

So entstanden zum Teil sehr persönliche Bücher, wie:

Das Leben und Wirken des Strohwitwers Fritz

DeBehr - Verlag, Radeberg
ISBN-Nummer: 978 3941 758070

Obwohl dieses Werk überquillt von Humor, Satire und Vaterwitz, hat es einen traurigen Hintergrund.
Fritz seine Frau liegt nach einem unverschuldeten Unfall in einer Klinik mit schweren Kopfverletzungen. Fritz muss jetzt neben seinem anstrengenden Job im Vertrieb auch noch den Haushalt mit zwei erwachsenen Kindern werfen.

Mama` s Hotel gibt es nicht mehr. Damit seine Frau auch alles erfährt, was daheim so alles passiert, schreibt ihr Fritz ihr Briefe in die zahlreichen REHA – Maßnahmen, in der Hoffnung, sie damit etwas von ihren Verletzungen abzulenken und ihr wieder ein Lächeln auf ihre Lippen zu zaubern. Was ihm auch gelang.
So zeichnet er ein turbulentes Bild seiner Strohwitwerzeit, mit den vielen Sorgen um seine Frau.

Plötzlich allein...
DeBehr - Verlag, Radeberg
ISBN-Nummer: 978 3939 241068

Trotz aller ärztlichen Kunst erholte sich Fritz Frau nicht mehr von den Unfallfolgen. Als sich dann auch noch im Kopf ein bösartiger Tumor bildete, begann ein langer Weg des Abschiedes.

Ein Abschied für immer!

Es gibt zwei Zeiten - die Zeit vor dem Lebewohl, die erfüllt ist von Schmerz, Bangen und Hoffen auf ein Wunder - und die Zeit danach.

Diese macht einer Leere Platz, dem Verlust, dem unsäglichen Schmerz.

Aber auch die Fragen nach dem Warum, dem Weshalb kamen immer wieder. Wie soll es weitergehen? Was soll jetzt werden? Fragen, die oft auf einer Antwort warteten. So wurde dieses Buch unfreiwillig zu einem Berater in der Trauer. Denn bei all der Wehmut sind doch die Erinnerungen an schöne Zeiten, an die Liebe, an die Zweisamkeit. Und diese kann auch der Tod nicht nehmen.

Sex kann so schön sein
DeBehr - Verlag, Radeberg
ISBN-Nummer: 978 3939 241010

Das Leben geht aber weiter und man muss sich wieder dem Leben stellen.

So langsam fand der Autor wieder zurück ins Leben und schrieb mit viel Vaterwitz dieses Buch.

Haben sie schon einmal etwas vom U-Punkt gehört? Oder können Sie sich den Einsatz bei den Vorbereitungen zu einem Schützenfest in Begleitung eines höchst agilen Vibrators vorstellen?

Was soll ein Mann tun, wenn seine Frau für sechs lange Wochen in Kur fährt?

Oder wenn diverse anregende Mittelchen auch mal nach hinten losgehen können?

Hier schildern sechs Paare jenseits der 50 die absurdesten erotischen Abenteuer ihres Lebens.

Kolvensbachs Pitter
DeBehr - Verlag, Radeberg
ISBN-Nummer: 978 3939 241669

Ja, wo die Liebe hinfällt.

Als sich unser Freund Pitter entschloss, in den Hafen der Ehe einzufahren, ahnten wir nichts Gutes. Als wir dann seine Frau kennen lernten, versuchten wir unseren Pitter davon abzuhalten.
Aber bekanntlich macht Liebe blind. Unser Pitter muss mehr als blind gewesen sein, als er seine Amalie heiratete. Sein leidvoller Ehe-Alltag begann. Wir standen manchmal fassungslos da, wenn wir unseren Pitter sahen. Schlecht sah er aus. Die Knute seiner Frau muss erbarmungslos hart sein.

Wenn wir konnten, versuchten wir unseren Pitter aus diesem Joch zumindest mal für Stunden zu befreien, was schon schwer genug war. So litt Pitter, ohne groß zu klagen bis zu dem Tag, der sein Leben verändern sollte.

Mein Name ist Jacey, die HauskatzeM

DeBehr - Verlag, Radeberg
ISBN-Nummer: 978 3944 028224

In diesem Buch machte der Autor eine seiner liebreizenden Katzen zur Schriftstellerin.
Seine Frau Manuela steuerte die Zeichnungen bei.
Hier erzählt die "Diva" aus ihrer Sicht, dass Leben mit ihrer Dienerschaft, den Erlebnisse von ihren nächtlichen Erkundungsgängen, ihre Gaumen verwöhnenden Speisenspezialitäten und den herrlichen Kuschelstunden bei ihren Menschen.

Alles könnte so schön sein, ja, wenn sie nicht von einem Fettnäpfchen ins nächste tänzeln würde, sie nicht so oft aus misslichen Lagen befreit und gerettet werden müsste.

Humorvolle Abenteuer einer Katze mit dem Hang zu Katastrophen.

Rusty, packt aus
Einklang - Verlag, Zetel
ISBN-Nr. 978-3-9817092-2-3

Wie es kommen musste, wollte auch die zweite Katze, die im Hause der Valtners lebte, unbedingt ein Buch schreiben.

Zumal sie einiges richtigstellen wollte, was ihre Schwester in ihrem Buch so alles über sie nieder geschrieben hatte.

Sie selbst war angepasst, geduldig, bescheiden und genoss die Kuschelrunden mit ihren Menschen. Sie hatte einen wunderbaren Charakter.

Sie fühlte mit einem, wenn es demjenigen nicht gut ging. Sie war neugierig, sie konnte sich stundenlang mit einer Tüte oder Karton vergnügen.

Sie war eine wundervolle Katze.

So entstanden humorvolle Geschichten aus der Sicht einer schwarzen Bauernkatze.

243

Kommissar a. D. Klaus Schöne
Aktenzeichen 2609 -
Ein ungeklärter Mord auf Baltrum
BoD - Verlag
ISBN-Nr.: 978 374 128 8135

In diesem Buch erzählt der Autor, wie ein in den Ruhestand versetzter und verdienter Kommissar in seinem Urlaub auf der schönen Ferieninsel Baltrum über einen Zeitungsartikel im Inselblatt stolpert, wo über einen ungeklärten Mord berichtet wird, der vor zwanzig Jahren hier auf der Insel geschah und bis dato noch nicht aufgeklärt werden konnte.

Der Kommissar wird neugierig.

Er nimmt die Untersuchungen in diesem Fall gemeinsam mit seinem Kollegen und Nachfolger wieder auf.

Kann er den oder die Täter jetzt noch nach 20 Jahren ihrer gerechten Strafe zuführen?

Das Leben des Peter Bork
BoD-Verlag
ISBN-Nr.: 978 3744 829366

Hier erzählt der Autor die Geschichte eines Mannes, der durch seinen Fleiß und Geschick in der Firmenhierachie weit nach oben kommt.
Er hat ein schönes Anwesen, mit Pool und riesigen Garten. In der Garage stehen mehrere Autos. Seine Familie erfreut sich an dem Luxus den er durch seine Arbeit erwirbt.
Dennoch muss auch er erkennen, dass in unserer heutigen Gesellschaft nur noch eines zählt:

Immer höher, immer weiter, immer größer!

Wer nicht mehr auf diesem Karussell sitzen kann, der stürzt sehr schnell ab. Man wird schnell zum Versager gestempelt.

Peter erleidet einen gesundheitlichen Zusammenbruch.
Wie wird diese Situation für ihn ausgehen?

Weitere Texte des Autors findet man
in den nachstehenden Anthologien:

Anthologie

Gedichte, die die Zeit überstehen

Dt. Literaturgesellschaft

ISBN-Nummer: 978 3862 150205

"Erinnerungen"

"Liebe"

"Weihnachten"

Anthologie

Glücklich allein die Seele, die liebt

Aug. von Goethe – Verlag

ISBN-Nummer: 978 3837 207187

"Der Hochzeitstag"

"Mein geliebter Schatz"

"Wehmut"

Anthologie

Keinen Augenblick mehr mit dir

Zwiebelzwerg Verlag

ISBN- Nummer: 978 3938 368633

"Mein geliebter Schatz II"

"Der Talisman"